여자,
일상의 설렘을
그리다

여자,
일상의 설렘을 그리다

초판 1쇄 발행 2014년 7월 25일

지은이 차고운
펴낸이 이지은
펴낸곳 팜파스
기획 · 진행 이진아
편집 정은아
디자인 박진희
마케팅 정우룡
인쇄 (주)미광원색사

출판등록 2002년 12월 30일 제10-2536호
주소 서울시 마포구 서교동 404-26 팜파스빌딩 2층
대표전화 02-335-3681
팩스 02-335-3743
홈페이지 www.pampasbook.com | blog.naver.com/pampasbook
이메일 pampas@pampasbook.com | pampasbook@naver.com

값 13,000원
ISBN 978-89-98537-56-2 03810

이 도서의 국립중앙도서관 출판예정도서목록(CIP)은 서지정보유통지원시스템 홈페이지
(http://seoji.nl.go.kr)와 국가자료공동목록시스템(http://www.nl.go.kr/kolisnet)에서
이용하실 수 있습니다.(CIP제어번호: CIP2014019102)

여자,
일상의 설렘을
그리다

차고운 지음

팜파스

창작을 하면서 살아가는 것, 참 좋습니다. 내 안의 또 다른 나와 마주할 수 있고, 나를 표현할 수 있고, 또 나이 들어서도 이 일을 할 수 있다는 점에서 말입니다. 때론 머리가 깨질 것 같고 신경이 날카로워지기도 하지만 한편 나를 보듬어주고 일어서게 합니다.

20대 초반부터 그림 그리는 것을 좋아하였고, 그림을 내 인생의 중요한 동반자로 삼기로 마음먹었습니다. 그림은 나의 취미이자, 나를 표현하는 수단 그리고 나에게 힐링을 선사하는 친구였습니다.

그러던 어느 날 글을 쓰게 되었습니다. 제가 수필을 쓰게 될 것이라고는 감히 생각하지 못했습니다. 연륜이 많이 쌓이면 그림과 글이 함께한 동화책을 내고 싶다는 생각은 했지만, 수필이라니요……. 꿈에도 몰랐습니다. 시작은 그저 내 마음 속의 진짜 나와 소통하고 싶어서였습니다. 그래서 블로그에 나의 글을 올리기 시작했습니다.

그후 우연히 교보문고 웹사이트에서 신인 칼럼니스트를 뽑는다는 공고에 덜컥 지원을 하게 되었습니다. 그렇게 좀 더 제대로 글을 쓰기 시작했습니다. 그 글들이 이 책의 초안이 되었지요.

책을 내게 된다면 작업할 시간이 많고, 여유도 많은 때에 할 수 있지 않을까 생각했었습니다. 그런데 기회라는 것은 꼭 내가 예상치 못하는 순간에 찾아오네요. 아이를 낳고 육아를 하는 지난 17여 개월의 시간은 나의 인생에서 가장 바쁜 시간이었습니다. 그뿐만이 아니지요. 엄마가 됨으로써 세계관과 가치관이 급변할 수 밖에 없는 시기이기도 했습니다. 이 중요한 때에 책을 위한 작업도 대다수 이루어졌습니다. 여기에 있는 글 모음은 내 인생의 가장 큰 변혁기에 창작된 처절한(?) 산물일지도 모르겠습니다.

나는 여자로 태어난 것에 늘 감사하며 살아왔습니다. 이 책에 특별한 형식이나 틀에 맞혀진 주제가 있는 것은 아니지만, 내가 여자로서 살아온 지난 날의 고민과 즐거움이 잘 표현되었기를 바라봅니다.

오늘도 나는 여자라서 감사합니다.

 CONTENTS

*

거울 속의 나

사람은 자기 얼굴을 실제로 볼 수가 없다. 다만 거울에 의지하여 매일매일 자신을 점검한다. 나를 제외한 모든 사람이 나의 실체를 볼 수 있는데 정작 나 자신은 거울에 투영된 나의 모습만 보며 살아가는 것이다. 한 번쯤 내 모습을 실제로 보고 싶다는 생각을 해본다. 물리적으로 불가능해 보이는 사항이지만 누군가 이를 가능하게 할 도구를 발명한다면 참으로 획기적인 상품이 될 것이라 확신한다. 그렇지만 당분간은, 아니 아마도 계속 그러한 상품을 보기는 힘들 듯하다. 거울을 의지할 수밖에 없는 이유이다.

대부분의 사람들은 거울 속의 나를 실제 모습 그대로라 생각하고 살아간다. 물론 그럴 것이다. 하지만 실제 모습과 거울로 볼 때의 형상은 조금 다르다고 한다. 이를 확인해보고 싶으면 매일 만나는 친구의 얼굴을 거울로 비춰서 보라. 아마도 평소에 보지 못했던 디테일한 친구의 얼굴이 눈에 들어올 것이다. 짝눈인지 몰랐는데 눈 크기가 다르다든지 피부에 잡티가 더 많아 보인다든지 하는 등의 차이 말이다.

왜 그런 것일까? 가장 크게는 평면과 입체의 차이로 이야기할 수 있다. 우리가 실제로 보는 친구의 얼굴은 입체적이지만 거울 속에 비친 모습은 평면이다. 이는 흔히 말하는 사진발에도 적용된다. 사진 속 나의 모습은 실제보다 평면적이고 밋밋해 보인다. 누군가는 이야기했다. 사진이 아무리 잘 나와도 실제보다 아름다울 수는 없다고. 아름다운 비너스 상을 실제로 보면 사진으로 볼 때와 비교할 수 없는 감동을 느낄 수 있는 것과 같은 원리이다. 물론 사진을 포토샵으로 보정하여 전혀 다른 사람으로 만들어버리는 요즘의 프로필 사진은 예외로 해두자. 또한 거울 속에서 오른쪽과 왼쪽이 바뀌어 보이는 점도 실제와 거울 속 형상이 다를 수밖에 없는 이유이다. 사람의 얼굴이 반으로 접어 찍는 데칼코마니처럼 완전히 대칭을 이룬다면 모르겠지만, 보통 대부분의 사람은 좌우의 얼굴이 약간씩 다르다고 한다.

거울을 보았다. 아, 이건 누구지?

분명 어제도 그 전에도 거울은 보았다.

그런데 왜 유독 오늘 내가 달라 보이는 걸까?

정확히는 왜 나이 들어 보이는 걸까?

며칠 잠을 설치고 피곤했던 탓일까?

아니다. 이건 며칠 잠을 핑계로 삼을 수 있는 문제가 아닐 테다.

이러이러하여 거울 속의 나는 실제의 내 모습과는 조금 다르다. 이것은 곧 내가 보는 나와 남이 보는 내가 조금은 다르다는 뜻이 된다. 인간은 평생 동안 남이 보는 나를 보지 못하고 살다가 죽는다. 너무 슬퍼하지는 말고 지금 거울 속에 비친 내 모습보다 실제 나는 조금 더 아름다울 거야! 믿으며 기뻐해보자.

나는 가끔 거울을 객관적 평가의 척도로 활용한다. 내가 그린 그림이, 내가 디자인한 제품이 괜찮은지 판단이 서지 않을 때에 주로 그렇다. 주변 사람에게 물어보는 것이 가장 좋지만 그것도 여의치 않을 때가 대부분이기에 이럴 때 거울이 유용하다. 평가가 필요한 물건을 거울에 비춰서 보면 나의 눈으로, 입체적으로 바라볼 때와는 조금 다른 미세한 차이를 느낄 수 있다. 그 약간의 차이를 나는 내가 아닌 또 다른 이의 관점으로 인정하는 것이다. 거울에 비추어 보아도 그럴 듯하면 안심이 된다. 이 방법이 실제로 얼마나 유용한지는 알 길 없으나 나만의 거울 활용법이 되겠다.

하루에 몇 번 거울을 보는가? 한 번? 두 번? 혹시 거울을 보지 않고 살아가는가? 여자에게 거울은 필수 아이템이다. 일단 화장을 하려면 거울을 보아야 한다. 적당한 메이크업이 여자의 필수 예절이라 여겨지는 시대이니 거울 보는 것 역시 마찬가지이다. 화장할 때뿐인가? 한 번 화장을 했다면 그 화장을 지우기 전까지 계속해서 거울로 자신의 모습을 확인해야 한다. 혹시 눈 화장이 번지지 않았을까? 피부가 들뜨지 않았을까? 등등. 거울은 나의 상태를 감시하는 수단이 되곤 한다. 다른 사람에게 보이는 나의 모습을 점검하기 위하여 외출할 때면, 누군가를 만날 때면, 중요한 모임을 앞두고서는 더더욱 거울을 찾는다. 그리고 거울 속 내 모습을 평가하고 고쳐 나간다. 사실 거울 속 내 모습은 내 실제가 아님에도…….

집에 있다 보면 하루 종일 세수 한 번 안 하고 지나갈 때도 있다. 이런 날은 거울도 볼 일이 거의 없다. 화장실에서 양치질을 하며 슬쩍 보이는 내 모습은 그냥 외면해버리고 싶을 정도이다. 『아무도 보는 이 없을 때 당신은 누구인가』라는 책이 있다. 제목만으로도 많은 생각을 하게 한다. 아무도 만나지 않은 채, 내 모습을 들키지 않은 채, 집의 거울에 스쳐 보이는 나의 모습은 어떠한가? 다른 사람에게 보이기 위한 메이크업과 코디, 표정을 배제한 나의 진실한 모습을 외면하고 있지 않은가?

홀로 있을 때 더 자주 거울을 보자. 실제와 조금 다를지라도 나의 모습을 가장 정확하게, 잠잠하게 바라볼 수 있는 시간이다. 좀 더 깊이 나를 거울로 관찰해 남이 보는 내가 아닌, 보이는 게 다가 아닌, 깊은 내면의 나를 발견해보자. 내가 이제껏 알지 못했던 새로운 매력을 찾게 될 수도 있다.

*

기분 좋은 오렌지 빛 세상

2014년부터 백열전구가 퇴출된다고 한다. 이것도 전력난에서 비롯된 처사이다. 우리나라 정부에서 결정한 것이지만 G8회담에서도 퇴출 권고가 결의되었다고 하니 이것 참 글로벌한 이슈인 듯하다. 백열전구는 인류의 밤을 밝혀주던 구세주였다. 내 어릴 적 기억으로는 주로 화장실 조명으로 사용되어 '화장실 빨간 불'로 불렸다. 어느 집에나 하나쯤 있던 이 오렌지빛 조명은 최근에는 인테리어용으로 많이 사용된다. 우리 집에도 세 개의 백열전구가 있다. 두 개는 내 책상 양쪽에서 인테리어 역할을 담당하고 있고, 하나는 침실 무드 조명이다. 이토록 가까이에 있는 백열전구가 사라진다니!

『지구를 구하는 1001가지 방법(1001 Ways to Save the Earth)』의 저자 조앤나 야로우(Joanna Yarrow)는 적절한 조명을 활용하되, 백열전구 대신 형광등을 사용하라고 권유한다. 이는 백열전구의 광 효율이 떨어지기 때문인데 투입되는 에너지의 5%만이 빛으로 바뀌고 나머지 95%는 열로 발산되어 사라진다고 한다. 백열전구는 발명왕 에디슨에 의해 발명되어 인류의 삶을 혁신적으로 바꾼 물건이라 칭해졌건만, 이제는 전기 먹는 괴물로 불리며 우리 삶에서 사라질 위기에 처하였다. 앞으로 태어날 아이들은 에디슨의 백열전구를 구세대의 유물 정도로 여길 수도 있겠다.

허나 어찌 하얀 형광등이 오렌지빛 백열전구의 대체가 된단 말인가. 백열전구가 허락하는 따뜻하고 편안한 분위기를 형광등은 절대 따라잡을 수 없다. 백열전구의 오렌지빛은 같은 음식이라도 실제보다 더 먹음직스럽게 보이게 하며, 실내의 분위기를 따뜻하게 업그레이드시켜준다. 형광등은 그저 밝을 뿐이다. 편히 쉬고 싶은 밤에 형광등을 켜면 가끔은 머리가 아프다. 마치 몸의 생체리듬은 밤인데 주위환경은 낮이라고 하는 이질감이 느껴진다. 밤에 책상에 앉아 백열전구만 켜보자. 거기다 선율이 아름다운 음악까지 있으면 완벽하다. 분위기 좋은 카페, 레스토랑 다 저리 가라다. 나의 방에 기분 좋은 오렌지빛 세상이 열린다. 백열전구와 음악이면 이 밤 나의 감수성을 최대한으로 끌어올릴 수 있다. 그렇지만 더운 여름날 전력 사용량이 최고조에 이를 때는 나의 낭만적 사고가 일보 후퇴하는 수밖에.

백열전구, 한여름에는 자주 켜지 말자!

더운 여름, 매일 전력난이 심각하다는 내용으로 뉴스가 도배된다.

얼마나 심각하기에 우리나라가 블랙아웃의 지경에 이른다는 것일까.

어렸을 때는 전기란 그저 켜면 끝없이 나오는 무한한 에너지인줄로만 알았다.

그때는 석유 파동이니 뭐니 해서 석유를 아끼자고 하는

캠페인이 많았던 것으로 기억한다. 그런데 요즘의 화두는 전기다.

오죽했으면 공공기관에서 며칠간 냉방을 금지한단다.

냉방 온도를 28도 이상으로 정한다는 것도 놀라웠는데,

이제는 아예 에어컨 스위치를 꺼야 하는 상황인 것이다.

TV 자막으로 위의 속보를 접했을 때,

내 마음 깊숙이 조그마한 애국심이 꿈틀거린다.

안 쓰는 코드 몇 개라도 더 뽑고 나라도 에어컨 대신

선풍기를 틀어볼까 고민해본다.

다음 날 '절전으로 전력 위기 막아'라는 뉴스 기사 제목을

확인한 것만으로도 마음이 좀 편해진다.

그리고는 가족 평화를 핑계로 다시 에어컨 무한 가동이다.

전력난 걱정은 잠시 안녕한 채.

어느 날 LED 전구가 등장하였다. 이는 형광등과는 양상이 다르다. 색깔도 은은한 주황색부터 하얀색 등 대부분의 분위기를 다 이끌어낼 수 있다고 한다. 백열전구의 따뜻한 분위기를 사랑하는 이라면 주목할 만한 물건이다. 그도 그럴 것이 LED 전구는 백열전구의 치명적인 단점인 광 효율이 지나치게 떨어지는 점을 개선한 상품이다. 무려 5배 정도나 광 효율이 좋다고 한다. 분위기를 사랑하는 이도, 전력난으로 걱정이 많은 이도 모두 만족시킬 만하다. 뿐만 아니라 인체에 무해하고 눈부심이 덜하다는 장점도 있다. 개인적으로 아쉬운 것은 그 형태. 언뜻 보아 겉모양은 둥글어, 백열전구와 비슷해 보일 수 있지만, 어찌 백열전구가 가진 필라멘트의 디테일한 아름다움과 견줄 수 있겠는가.

바깥 세상의 날씨는 조물주의 특별 권한이라 해가 쨍~ 하든 비가 올 듯 우중충하든 그냥 받아들이고 맞춰 살아가야 한다. 하지만 집안 조명은 어떠한가? 집 주인이 선택하는 대로 그 집의 분위기는 바뀔 수 있다. 조명은 집안의 날씨와 같은 역할을 하는 셈이다. 오늘 바깥 날씨가 좋지 않은가? 그렇다면 우리 집 날씨는 은은하고 보송보송하게 바꾸어보자.

*

꽃을 선물 받는 여자,
꽃을 찬양하는 여자

그리 멀지 않은 옛날, '여자'의 이미지는 '꽃'에 많이 비교되었다. 아름답고, 쉽게 상처 입고, 보호해줘야 하는 그런 소녀의 이미지 말이다. 하지만 여성의 권위가 상승하며 강하고 도전적인 여성상이 부각됨에 따라 '여자는 꽃'이라는 생각은 고루하고 과거에 갇혀 있는 듯한 발상이 되어버렸다.

그럼에도 불구하고, 여자와 꽃은 긴밀한 관련이 있어 보인다. 요즘은 꽃미남이라는 단어로 꽃과 남자를 연결 짓는 것도 어색하지 않지만, 오랜 세월 이어져온 여자와 꽃의 상관관계를 추월할 만큼은 되지 않을 것이다.

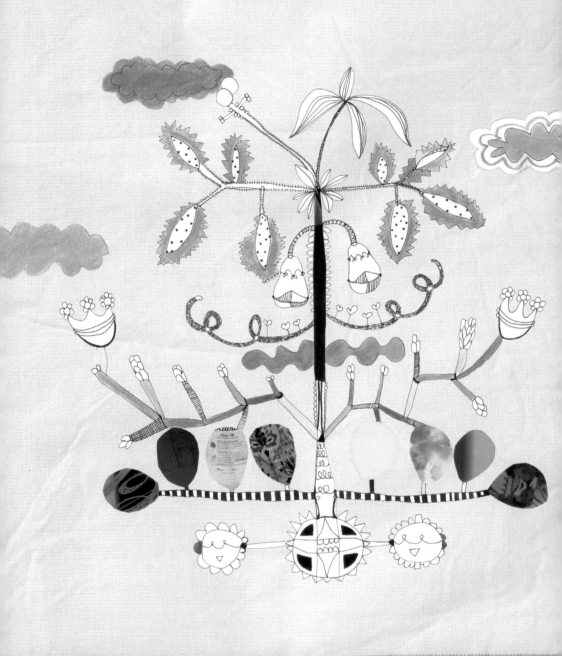

꽃 선물 받는 것, 좋아하시나요?
한동안 멋있고 쿨해 보이는 여자들 사이에서
선물로 꽃을 받는 것은 시시하고 촌스럽다는
개념이 교육될 때가 있었다.
이러한 인식은 지금도 일부 존재한다.
그 이유는 다음과 같다.
"꽃은 곧 시들기 때문에 실용적이지 못하다.
어차피 곧 쓰레기통으로 버려진다."

아무래도 여자에게 꽃을 선물하는 것이 남자에게 하는 것보다는 자연스럽고 보기에 좋다. 이런 사회적 통념상 여자로 살아온 나 역시 꽃을 접할 기회가 많았다. 꽃 그 자체에 그치지 않고 꽃무늬를 활용한 제품들 역시 여자들의 오랜 친구이다. 즐겨 입는 원피스에도, 가방에도, 방의 커튼에도, 심지어는 길거리에 지나가는 할머니 몸뻬바지에서도 쉽게 발견할 수 있는 것이 바로 꽃이다.

내가 어렸을 때 좋아하던 꽃 중 제일은 튤립이었다. 초등학교 교과서에서 배우는 외국은 정말 흥미로웠는데 그 정점에 최고로 아름답게 보였던 튤립의 나라, 네덜란드가 있었다. 사진 속 풍차와 튤립의 조화는 어린 내가 보기에도 완벽해 보였다. 튤립은 왕관을 닮은 모양새에 고급스러워 보이며, 건강하고 특별한 싱그러움을 전해주는 꽃이다.

나는 졸업식이나 기타 꽃다발이 난무하는 행사에서 부모님이 흔해 빠진(?) 장미 대신 튤립을 사오시길 간절히 바랐다. 하지만 늘 기대에 못 미쳤다. 그러다 딱 한 번 중학교 졸업식 때인가 고모가 튤립 꽃다발을 주신 적이 있다. 그때 받은 튤립 꽃다발이 얼마나 사랑스러웠던지!

또 내가 사랑했던 꽃은 수국이다. 수국은 풍성하다. 볼 때마다 여유로운 기분을 전해주며 로맨틱하고 사랑스럽다. 우리 엄마는 조화를 좋아하신다. 아니, 정확히 이야기하면 꽃을 좋아하신다고 할 수 있다. 꽃을 매일 사기에는 사치스럽게 느껴져서 조화로 만족하시는 것이다. 자연히 어렸을 때부터 우리 집에는 조화가 많았다. 여러 가지 종류가 있었지만 큰 도자기에 풍성하게 가득 담겨 있던 수국은 나의 관심 대상 1호였다. 수국을 처음 봤을 때 나는 '세상에 이렇게 예쁜 꽃도 있구나!'라고 생각했었다. 엄마한테 이름을 물어보니 '수국'이라고 하셨고, 그 이름을 듣고 사실 좀 실망했다. 뭔가 있어 보이는 럭셔리하고 우아한 이름일 줄 알았는데, 어린 나한테는 어렵게만 느껴지는 한자 이름이었다. 그렇지만 그 외모만큼은 인정해줄 만했다. 마치 어린 아기 꽃들이 함께 붙어 천진한 미소를 띠고 있는 것 같다고 생각했다.

나는 꽃을 볼 때마다 마음이 설렌다. 먼저 꽃이 전해주는 향기에 코가 마비되고, 다음으로 그 아름다운 자태에 눈이 황홀해지며, 결국에는 머리에서 이미 기분 좋은 생각들을 하고 있는 나를 발견하게 된다. 그것은 꽃 한 송이로도 충분하다. 꽃이 시들면 그 꿈이 사라질까? 아니다. 꽃은 시들어도 은은한 향기를 남기며, 그 존재감을 과시한다.

언제부턴가 친환경과 오가닉 열풍을 타고 꽃과 화분으로 집을 채우는 것이 새로운 트렌드로 자리 잡아 가고 있다. 그 동안의 많은 오해를 불식시키고, 꽃의 이미지가 새로이 인정받기 시작했다고 할 수 있겠다.

아름다운 꽃과 매일 동고동락할 수 있는 것은 어쩌면 우리 모두가 바라는 삶일 수도 있다. 생명력 넘치는 꽃을 가까이에 두는 것은 행복하고 여유로운 삶을 위해 꼭 필요한 한 가지가 아닐까?

*

나의 일기장을 공개합니다

교환일기란? 친구끼리 돌려가며 일기를 쓰는 것을 뜻하는 말.

내가 고등학교 다니던 시절, 교환일기 쓰는 것이 유행이었다. 요즘은 초등학생들이 많이 쓴다고 하는데 블로그나 미니홈피 등을 통해서 주로 쓰고, 최근에는 교환일기 쓰는 어플도 나와 있다고 하니 참으로 격세지감이 느껴진다. 하지만 뭐니 뭐니 해도 일기는 손으로 써야 제 맛 아닐까. 손으로 삐뚤빼뚤 글씨를 쓰고 귀여운 그림을 그리고 잡지와 스티커를 골라 붙이는 맛이 바로 일기 쓰는 묘미인데 말이다. 사실 대한민국 국민의 일기 쓰기 역사는 초등학교 때 선생님이 내주시는 숙제에서 시작되는 경우가 많다. 그때는 글 쓰는 것에 익숙하지 않으니 '그림일기'라는 이름으로 그림도 그리고 글을 쓰는 것이 일반적이었다.

나도 분명 그림일기를 썼고,

매우 귀찮아했던 기억도 있는데 진실로 안타까운 것이

그 당시의 일기장이 단 한 권도 남아 있지 않다는 것이다.

우리 엄마는 내가 받았던 상장과

성적표는 고이고이 간직해오셨는데,

왜 일기장은 버리신 걸까.

나이가 들수록 어렸을 때의 추억이 그립고 궁금해진다.

나는 그때 어땠을까? 무슨 생각을 하고 살았을까?

그리고 지금의 나는 그림을 그리는 것과

관계된 직업을 갖고 있다 보니,

내가 그렸던 그림일기 속에

혹시 천재의 징후가 보이지 않았을까라는 기대감까지.

홋~. 어쩌면 이렇게 상상하는 것만으로

더 즐거운 일인지 모르겠다.

왠지 편지나 일기장을 먼 훗날을 위해 남겨둬야 한다고 생각하게 된 건 나에게 사춘기가 올 무렵이었다. 대략 초등학교 6학년 때쯤부터의 편지들이 남아 있는 것을 보면 그때 나는 인생에서 '아이로부터 어른으로'의 과정을 보내고 있지 않았을까 조심스레 추측해본다. 심지어는 잠깐잠깐 친구가 보낸 쪽지들까지도 꾸준히 모은 결과, 편지와 일기장들로만 우리 집 귀퉁이 서랍 두 칸을 꽉 채웠다. 결혼할 때 짐 정리를 하며 그냥 버릴까도 생각했지만 그래도 왠지 모를 아쉬움에, 나중에 한 번 더 읽어보고 결정하자라는 마음에 내 신혼살림에 포함된 짐들이다.

오랜만에 추억 상자를 열어본다. 편지는 너무 많으니 일단 두고, 일기장 몇 권이 눈에 들어온다. 대략 8권 정도 된다. 8권 중에 7권이 친구와 함께 쓴 교환일기이고, 모두 고등학교 때 쓴 것이다. 재미있는 일이다. 고등학교 때라면 아침 7시에 학교에 가서 밤 9시까지 야간 자율학습을 하던 시절인데 난 언제 이리 많은 넋두리를 하고 있었던 걸까. 그래. 야간 자율학습, 그것이 답이다. 내 기억에 의하면 매일 학교에서 의무적으로 주어지는 일명 야자 시간만 해도 하루에 3시간 이상이 되었다. 3시간을 오롯이 공부만 하는 것은 거의 불가능! 58명의 여학생들이 복작복작하는 교실 한 곳에서 나 홀로 공부만 한다는 것은 심각한 공부벌레 내지는 사회 부적응자가 될 소지가 있었다. 사람들이 부대끼는 공간에서 탄탄한 인간관계를 형성하는 것은 당연하고도 가장 중요한 사업이 아니던가. 나는 그래서 그

때 친구들과 일기를 통해 틈틈이 친분을 쌓아갔던 것이 아닐까. 얼마나 좋은가. 조용하게 비밀을 나눌 수 있는 공간. 지루한 야자 시간을 흥미롭게 보낼 수 있는 공간. 또한 감독 선생님이 보면 마치 자율학습을 열심히 하는 것으로 보인다는 것도 재미있는 사실!

일기장 내용은 그냥 일상다반사다. 그리고 누구와 쓰느냐에 따라 내용은 확연히 달라진다. 나와 성격이 비슷했던 L양과의 일기는 각자의 성장 스토리와 마음 속 고민들로 인해 철학적 내용들이 한 가득이고, H.O.T 팬이었던 K양과의 일기에는 온통 오빠들 이야기, 같은 신앙을 가졌던 H양과의 일기는 신앙적 고민과 묵상들로 채워져 있다. 그때 그 시절 우리들의 이야기 단골 소재를 살짝 소개한다.

〈미래에 대한 고민〉
"난, 내가 부러워하는 누군가가 존재하거나, 존재했었다는 사실이 제일 싫어. 그리고 공부만이 전부인 우리나라를 떠나고 싶어……. 내가 무인도에 가서 국가나 하나 만들까?"
　　　　　　　　　　　　　　　　　　　　　　　　　－ 1997년 10월 16일, L양

그 시절, 성적에 대한 고민을 안 할 수가 없었다. 특기자 전형도 지금처럼 활발하지 않던 시절, 우리들을 평가하는 잣대는 오로지 수능 점수였다.

〈연예인〉

"지금 1교시 시작하기 직전, 뒤에 앉아 H.O.T 영상집 보고 있다. 오랜만에 히히, 정말 멋있어요! 종 쳤다."
– 1998년 4월 16일, K양

하루 종일 학교에 처박혀 밤이 되면 "집에 다녀오겠습니다" 하고 헤어지던 시절, 연예인은 우리의 돌파구, 희망이었다.

〈다른 사람들, 특히 선생님〉

"2차 야자 시작했어. 오늘 황보 쌤이 감독이네. 왜 우리 반만 싫어하나 몰라."
– 1998년 12월 14일, J양

우리가 함께 좋아할 수도, 공공의 적으로 삼을 수도 있었던 선생님들 역시 일기장에 자주 등장해주셨다.

내 아름다운 젊은 시절의 향기가 남아 있다는 것이 얼마나 다행인지 모르겠다. 일기장을 덮으며 다시 그때 그 소중한 시절을 봉인한다. 언제든 다시 돌아갈 수 있다. 일기장이 있는 한 기억력 걱정은 없고, 난 그저 추억하는 자유를 만끽하면 된다. 언제든지, 언제까지나.

*

추억을 정리할 시간

아무래도 더 이상 미룰 수가 없다. 책상 옆 서랍 두 칸을 차지하고 있는 엄청난 양의 편지들, 그들을 정리해야겠다. 꼭 한 번 정리해야지, 해야지 생각한 게 벌써 몇 년째다. 나는 초등학교 다닐 때부터 지금까지 친구들과 주고받은 편지와 사소한 쪽지들까지 대부분 버리지 않고 보관해놓았다. 내 추억의 소중한 자양분이 되지 않을까 싶어 이날 이때까지 버리지 못하고 고이 모셔왔지만, 더는 늘어나는 물건들 사이에서 짐짝처럼 방치되어 있는 옛 추억들을 그냥 보고만 있지 못하겠다.

최근에 읽은 정리 매뉴얼에 관한

책의 영향을 받은 것도 사실이다.

모든 것이 혼란스러운 시절인 요즘,

저자는 정리와 수납에 관한 노하우만으로

강사로 초빙을 받고 컨설턴트로 대우받는다고 한다.

그만큼 정리라는 것이 어렵고,

또한 우리 인생에 중요한 영향을 미친다는 것 아니겠는가.

그래, 이제 과거에 묻힌 짐들을 정리하고

좀 더 가뿐하게 오늘을 살아보련다.

VIA MAIL

정리 물품 중에 가장 정리하기 어려운 것이 추억의 물건이라고 한다. 보통 편지와 사진 등이 대표적이다. 이 물건들을 하나씩 둘러보다 보면 자꾸 회상에 젖게 되고, 마음의 떨림을 느끼게 되면서 '에이, 그냥 가지고 있자!'라는 마음속의 외침이 들린다. 나의 경우는 직업병적인 시각을 발휘하여 언젠가 이 거대한 양의 편지들을 활용해 아트북을 만들거나, 그림과 곁들여 전시를 해볼까라고 고대해온 것도 사실이다. 하지만 진짜 그러고 싶다면 더더욱 정리가 필요하다. 추억의 물건에도 진짜 보물과 그냥 짐들이 있을 테니 말이다. 이도 저도 아닌 잡동사니들이 모인 작품은 남들이 볼 때는 몰라도 작가가 느끼기에는 쓰레기가 될 수도 있는 것이며, 무엇보다도 작품에는 내 진정성이 들어가야 한다. 정리 컨설턴트의 조언에 따르면 물건을 버릴 때의 으뜸 기준은 '설렘'이라고 한다. 이 물건이 나한테 설렘을 주는가?

　　나는 오늘 오랜 추억 상자를 열어 이 오묘한 질문을 시작해보려고 한다. 매일 조금씩 정리하는 것도 방법이지만 하루 날을 잡아 싹 정리하는 것이 효과적이라 하여 나도 시도해본다. 추억을 정리하는 중요한 의식에는 왠지 음악이 필요할 것 같다. 아일랜드 출신 음악가의 몽환적인 음악을 선곡 리스트로 설정해놓고 드디어 서랍을 연다.

　　처음에는 모든 편지의 메시지들을 다 읽어보고 버릴 작정이었다. 그러나 읽다 보니 지루하다. 부끄럽지만 편지의 10분의 1 정도는 누가 보냈는지도 모르겠다. 가끔 발신인이 이름이 아닌 '이쁜이'나 '누구게?' 또는 '?' 등으로 되어 있는 경우가 그렇다. 심지어 이름이 쓰여 있는데도 '미숙이'나 '혜진이'로부터 온 편지는 어떤 미숙이, 혜진이인지 헷갈린다. 그리고 편지의 상당 부분을 차지하고 있는 크리스마스 카드는 더더욱 지루하다. 별 내용도, 임팩트도 없는 엽서들이 대부분이다. 누군지도 잘 모르겠는데 심지어 내용도 "우리 한 해 동안 별로 친하지 못했지만, 크리스마스 잘 보내렴" 이런 식이다. 그야말로 예의상 보낸 느낌의 크리스마스 카드다. 그 사이사이로 보이는 지금까지 좋은 관계를 유지하고 있는 오랜 친구들의 편지는 반갑다. 그 시절 내 친구가 그리고 내가 이런 생각을 하고 살았구나라고 가늠케 하는 귀중한 자료가 된다. 이런 보물들은 남겨두기로 한다.

아빠가 처음으로 컴퓨터를 배우시고 예쁜 글자체로 이모티콘과 함께 써주신 크리스마스 카드는 소중하게 남겨둘 것이다. 문득 예전에는 참 친했는데 연락이 끊어진 친구의 안부가 궁금해진다. 서로를 베스트라 추켜 세우며 평생을 약속했었는데, 요즘 어떻게 지낼까?

아직 정리를 전체의 4분의 1도 못했는데 어깨와 허리가 아프다. 한 번에 쿨하게 정리하고 싶었는데 도저히 안 되겠다. 불행인지 다행인지 남겨둘 편지보다는 버릴 것이 훨씬 많다. 내 서랍의 상당 부분이 비워져 우리 집의 공간 활용에 유용할 듯하다. 그렇지만 이렇게 한 번에 정리해버리기는 아쉽다. 아픈 어깨와 허리를 핑계 삼아 며칠 더 추억 여행을 연장해야겠다. 내 추억들, 그 동안 답답한 창고 안에서 나를 기다려주어 고마워. 진짜 고마워.

*

다대포에서 즐기는
프렌치 스타일 휴가

서울에서 부산 사람 만나는 것은 흔한 일이지만, 서울 토박이들은 나에게 너무도 흔한 질문들을 늘어놓는다. 내가 가장 많이 받은 질문 중에 으뜸은 "해운대 근처에 살아?"이고, 그다음은 "회 좋아해?"였다. 나의 본가는 해운대와 가깝기는커녕 대중교통으로 1시간 반 내지 2시간은 가야 하는 곳에 위치해 있으며, 나는 회를 좋아하지 않는 여자이기에 내 대답은 그저 흥미롭지 않은 주제의 마침표를 장식하곤 했다. 내가 해운대 근처에 살았던 회를 좋아하는 소녀였으면 그대들의 부산에 대한 환상을 더욱 확고하게 만들어줬을 텐데. 참 아쉽구려.

내가 부산 여자답다고 느껴지는 점이 한 가지 있다. 그것은 바로 나의 바다 사랑. 나의 친정 근처에는 다대포라고 불리는 바다가 있다. 다대포는 해수욕장을 비롯해 바위와 바다의 조화로운 절경인 몰운대가 유명하고, 주변에는 음악에 따라 춤추는 낙조분수가 있어 색다른 구경거리를 체험할 수도 있다.

허나 8월 초에 찾은 다대포 해수욕장은 한산하기 짝이 없었다. 지금 이 시간에 해운대와 광안리 해수욕장 근처는 차들이 옴짝달싹하지 못하며 해수욕장에 발 들이밀기도 힘들다는 풍문이 들리는데, 이리도 조용한 부산의 바닷가라니! 사실 다대포는 부산의 3대 해수욕장 중 하나라고 한다. 나머지 둘은 너무도 유명한 해운대와 광안리인데 서로 가까운 거리에 있어 부산을 찾는 관광객들이 한 번쯤 꼭 들르는 코스이다. 그럼 3등인 다대포는? 해운대와 2시간 이상 거리가 떨어진 탓일까? 1등만 기억하는 세상 탓일까? 다대포는 주변에 사는 사람들이 와서 조용히 쉬며 놀기 좋은 해수욕장의 대명사가 되어버렸다.

가깝기도 하고 여유로우며 주변에 맛집도 꽤 있는 편이라 우리 가족은 다대포를 즐겨 찾는다. 올해는 아빠의 권유로 다대포에 있는 도서관에 가게 되었다. 아빠 차에 얻어 타는 순간 언제나처럼 아빠표 음악 CD에서 음악이 흘러나온다. 차창 밖은 말 그대로 땡볕, 차 안에는 에어컨 바람과 함께 영화 〈러브스토리〉의 주제곡이 울려 퍼진다. 눈밭에서 뒹구는 영화 속 장면이 떠오르며 더없이 시원하다.

오래간만에 부산을 찾았다.

부산은 나의 고향, 여름엔 제법 시원한 남쪽 나라이다.

어렸을 때 부산에서 살 때는 그저 서울이 궁금하고

부산을 벗어나고 싶더니 이제 서울 사람이 되니 부산이 그립다.

무엇보다도 그 바다 냄새!

기차를 타고 부산역에 도착하면 이 바다 냄새가 나를 반겨준다.

그리고 설레어온다. 나의 고향 그리고 나의 친정,

바다와 같이 나를 품어줄 것 같은 느낌이다.

다음 곡은 영화 〈남과 여〉의 주제곡이다. 눈이 쌓인 동산에서 갑자기 프랑스 남부로 휴가를 온 듯하다. 아, 이것은 여름 한낮 차 안에서 즐길 수 있는 최고의 이색 휴가가 아닐까!

우리 아빠는 음악 감상이 취미이신데 그냥 저냥한 취미가 아니라 진심으로 음악 듣는 것을 사랑하는 분이시다. 우리 부모님 세대 생활지침이 모두 그러했겠지만, 아빠 역시 안 쓰고 아끼는 것이 몸에 배어 있다. 보통 음악 감상을 취미로 하는 사람들은 돈이 많이 필요하다는데, 그도 그럴 것이 비싸기로 유명한 음향 장비들을 구매해야 하기 때문이다. 하지만 우리 아빠는 비싼 도구가 필요 없는, 인터넷에서 mp3를 다운받아서 듣는 실속파 음악 애호가이시다. 그런데 아빠가 소장하신 음악 컬렉션이 결코 만만하지 않다. 클래식부터 영화음악, 경음악, 가요, 가곡, 팝송 등 다양한 분야의 음악들을 분류하여 들으시고, 정리를 하시고, 내가 가끔 부산에 갈 때마다 음악을 들려주며 디제잉 역할도 하신다.

한편, 휴가 기간 동안 가볍게 읽을 책 좀 빌려볼까 하는 기대로 도착한 다대도서관은 기대 이상의 놀라움을 안겨주었다. 깔끔하게 지어진 도서관 건물 3층으로 올라가면 열람실이 있는데, 창가를 따라 쭉 책상이 놓여 있어 앉으면 다대포와 그 주변 경관이 한눈에 들어온다. 마치 전망 좋은 북 카페에 온 것처럼 시원한 바다가 훤히 내려다보이는 다대도서관은 감동이었다. 시간이 아주 많은 어느 날,

이곳 도서관에 와서 하루 종일 읽고 싶은 책 보고 이어폰으로 음악도 듣고 그림도 그리고 싶다고 생각했다. 언젠가 그럴 수 있는 날을 위해 오늘은 내 마음속에 예약만!

그래, 다대포는 이런 곳이었다. 근처의 몰운대를 처음 가보고는 이렇게 아름다운 곳이 집 주변에 있다니 하며 놀랐던 기억이 있다. 다대포는 이렇게 나에게 가끔 깜짝 선물을 허락한다.

이뿐만이 아니었다. 다대도서관에서 조금 더 올라가면 아미산 전망대가 있다. 사실 '조금 더'는 차를 타고 갔을 때를 말한다. 전망대는 모름지기 높은 곳에 있기 때문에 더운 여름철 걸어가다 보면 힘들 수도 있겠다. 이곳은 부산의 새로운 명소로 다대포와 낙동강 하구까지의 전망을 한눈에 볼 수 있는 곳이다. 드넓게 펼쳐진 모래섬과 바다, 강이 얼마나 아름다운지! 눈이 부셨다. 전망대 내의 부산시 자활센터에서 운영하는 커피숍은 가격까지 착하여 나를 흐뭇하게 만들었다.

간만의 다대포 여행은 나에게 확실한 피서를 선사하였다. 아빠의 음악 CD도 다대포 여행에서 빠질 수 없는 필수품이다. 마치 나를 위한 이벤트처럼 잘 어우러져 나의 감성을 채워준 바다 그리고 음악, 즐거웠던 그날이 그립다.

특별한 휴가를 위한
아빠의 추천 음악

가요

- 한상일 〈애모의 노래〉
- 윤시내 〈열애〉
- 안다성 〈바닷가에서〉

가곡

- 프라시도 도밍고 & 모린 맥거번 Placido Domingo & Maureen McGovern

  〈영원한 사랑 A Love Until The End of Time〉

- 나나 무스쿠리 Nana mouscuri 〈사랑의 기쁨 Plaisir Damour〉 (영화 〈7일간의 사랑〉 삽입곡)
- 아그네스 발차 Agnes Baltsa 〈우리에게 더 좋은 날이 오겠지 Aspri Mera Ke Ya Mas〉
- 알렉슈 해리스 Alexiou Haris 〈나의 어머니 Manoula Mou〉
- 페루치오 탈리아비니 Ferruccio Tagliavini 〈나를 잊지 말아요 Non ti scordar di me〉 (영화 〈물망초〉 삽입곡)

경음악

- 로스 인디오스 타바하라스 Los Indios Tabajaras 〈마리아 엘레나 Maria Elena〉
- 게오르그 잠피르 Gheorghe Zamfir 〈외로운 양치기 Einsamer Hirte〉
- 찬림후 오케스트라 〈봉숭아〉
- 실 오스틴 Sil Austin 〈대니 보이 Danny Boy〉
- 리처드 클레이더만 Richard Clayderman 〈아드린느를 위한 발라드 Ballade Pour Adeline〉
- 액커 빌크 Acker Bilk 〈해변의 길손 Stranger On The Shore〉
- 플로이드 크레이머 Floyd Cramer 〈라스트 데이트 Last Date〉
- 프랭크 푸르셀 Franck Pourcel 〈고마워요, 내 사랑 Merci Cherie〉

- 빌리 본Billy Vaughn 〈진주조개잡이Pearly Shells〉, 〈카프리섬Isle of Capri〉
- 샨테이스Chantays 〈파이프라인Pipeline〉, 〈변덕스런 나일강Wayward Nile〉
- 벤처스Ventures 〈상하이 트위스트Sanghi Twist〉, 〈다이아몬드 헤드Diamond Head〉
- 스위트 피플Sweet People 〈마법의 숲La Forest Enchantee〉, 〈원더풀 데이Wonderful Day〉
- 타로 하카세Taro Hakase 〈당신을 더 사랑하고 싶어요To Love You More〉
- 데이드림Daydream 〈겨울연가 중 최지우의 테마곡Stepping On The Rainy Street〉
- 시크릿 가든Secret Garden 〈봄의 세레나데Serenade To Spring〉
- 데이비드 란츠David Lanz 〈그늘진 창백한 얼굴A Whiter Shade of Pale〉
- 폴 모리아Paul Mauriat 〈이사도라Isadora〉, 〈러브 이즈 블루Love Is Blue〉,
  〈돌아와요 부산항에Please Return to Busan Port〉
- 필립 오딘 & 디에고 모데나Phillippe Audin & Diego Modena 〈칸티카Cantica〉,
  〈천사의 탄생Birth Of An Angel〉

Pop Song

- 크리스 크리스토퍼슨Kris Kristofferson 〈좋은 시절을 위하여For the good times〉,
  〈오늘밤은 나를 위해Help me make it through the night〉
- 조니 도렐리Johnny Dorelli 〈피노키오에게 보내는 편지Lettera A Pinocchio〉
- 베트 미들러Bette Midler 〈장미The Rose〉
- 훌리오 이글레시아스Julio Iglesias 〈헤이Hey〉
- 안나 게르만Anna German 〈가을의 노래Osennyaya pesnya〉,
  〈빛나라 빛나라, 나의 별이여Gori, Gori Moya Zvezda〉, 〈정원에 꽃이 필 때Kogda tsveli sadi〉
- 모니카 마틴Monika Martin 〈내 인생의 첫사랑Erste Liebe Meines Lebens〉,
  〈하얀 손수건To Live Without Your Love〉, 〈아베 마리아Ave Maria〉

*

여행 패션의 1순위

내 나이 스물셋이었던 시절, 유럽으로 한 달간 배낭여행을 떠났다. 나 혼자 계획하고 짐을 꾸려 떠나는 배낭여행이어서 설레기도 했지만 걱정이 앞섰다. 친구와 함께 하기는 했지만 45일 일정을 계획한 친구는 나보다 먼저 한국을 떠났고, 나는 파리에서 합류하기로 하였다. 지금은 여행 관련 에세이가 서점이든 블로그든 넘쳐나고, 여행 다녀온 사람도 주변에 흔하여 여행 정보 찾는 것은 그리 어렵지 않다. 하지만 그때는 달랐다. 여행 정보를 얻는 것은 상당한 시간을 요하는 일이었다. 당시 유럽 여행을 준비하던 사람들의 성지와도 같았던 사이트는 '쁘리띠님의 떠나볼까'였다. 지금 이 사이트는 여행 블로그 형태로 바뀌어 많이 간소화된 듯하다. 하지만 그 당시에는 여권 생성, 입출국, 환전 등의 기본 사항부터 전망이 좋은 숙소, 미술관 공짜로 구경하는 방법 등까지 깨알 같은 정보들이 가득하였다. 나는 여행을 준비하는 약 2주간 밤낮으로 열심히 사이트를 뒤졌다. 그때 공부했던 팁들이 배낭여행 하는 동안 큰 도움이 된 것은 두말하면 잔소리다.

여행 정보 찾기와 더불어 가장 신경 써야 할 것은 가방을 싸는 것이다. 배낭여행이라는 이름에 걸맞게 큰 배낭 하나 짊어지고 떠난다면 패기만만하겠지만, 내 소중한 어깨와 무릎을 보호하고 싶다면 끌고 다닐 수 있는 캐리어가 제격이다. 여행 일정이야 언제나 유동성 있게 바꿀 수 있는 것이 배낭여행의 묘미이지만, 한 번 꾸린 짐을 바꾸는 것은 힘들다. 무엇보다도 체계적으로 짐을 싸는 것이 배낭여행의 '특' 중요 요소라 할 수 있겠다.

여행 기간 동안 필요한 물품들을 다 가지고 떠나면 좋겠지만 이에 앞서 여행 캐리어는 가벼워야 한다. 한 달 동안 여행한다면 한 달 동안 그 짐을 들고 다녀야 한다는 뜻이다. 가볍고 튼튼한 가방을 고르는 것이 우선이고, 다음은 최대한 짐을 줄여야 한다. 여행을 하다 보면 짐이 자연스레 줄어들어 가벼워질 것이라 생각할 수 있지만 사실은 다르다. 대부분의 여행객들은 기념품 구입 등으로 이동할수록 짐이 늘어난다. 따라서 처음 여행을 시작할 때 가방에 약간의 여유 공간을 두는 것이 좋다.

요즘 공항은 연예인들에게 있어 제2의 레드카펫이 되었다.

누구누구의 공항 패션이 매일같이 검색어 순위에 오른다.

바야흐로 여행의 시대, 여행 패션이 많은 이의 관심거리가 된 것이다.

일상을 벗어나는 여행기간 동안 편안하면서도

멋스러운 패션을 갖춘다면 그 여행의 즐거움은 배가 된다.

어떤 옷을 걸치고 무슨 신발을 신었느냐도 중요하지만

여행 패션의 1순위는 뭐니 뭐니 해도

어떤 가방을 소지하고 있느냐라고 할 수 있다.

가볍고 내구성이 좋으면서도 스타일이 세련된 가방을 갖추었다면

이미 여행 준비의 첫 단추는 잘 채운 셈이다.

여행 중간에 돈이 좀 들더라도 한국에 우편으로 짐을 보내는 것도 좋은 방법이다. 그리고 현지에서 우리나라와 비슷한 가격에 구입해 쓸 수 있는 물건이라면 굳이 무겁게 들고 가지 않는 것이 낫다.

나에게는 여행을 가면 온갖 잡다한 인쇄물을 모으던 취미가 있었다. 유럽에는 우리나라에 있는 소위 찌라시와는 급이 다른 훌륭한 디자인의 인쇄물들이 많았다. 박물관 안내문, 전철표, 광고지 등을 낮 동안 주워 모아 밤에 숙소에서 감상할 때면 왜 그렇게 뿌듯하던지, 공짜로 외국의 디자인들을 수집한다는 생각에 즐거워했던 소박한 여행자의 마음이었을까. 그런데 이 종이 조각들도 모이면 왜 그렇게 무거워지는지, 나의 캐리어의 무게가 나날이 거대해지는데 단단히 한몫하였다. 그리고 책 욕심이 많은 나는 먹는 데는 아끼더라도 책을 사면 후회하지 않을 것이라는 믿음으로 틈나는 대로 책을 구입하였다. 그 당시는 지금의 해외 직구입 같은 것은 꿈도 꾸지 못하던 시절이라, 지금 여기서 사지 않으면 평생 이 책을 살 수 없을지도 모를 것 같은 비장함마저 더해졌다. 이러다 보니 여행에서 돌아올 무렵에는 온갖 종이 무게들로 내 캐리어가 바위 같은 무게가 되고 말았다.

나의 배낭여행 캐리어는 상당히 실용적이고 핸들링이 좋은 제품이었다. 그래서였을까. 아무리 가방이 무거워져도 굴릴 수만 있다면 이동이 힘들지 않았다. 뭐, 계단을 만났을 때 살짝 난감하긴 했다만. 내가 유럽 여행에서 바위짝 같은 무게의 짐을 들고 한국행 비행기를 탈 수 있었던 것도 튼튼한 나의 여행 캐리어의 덕이 컸다. 그 당시만 해도 투박한 형태의 검은 색상이 캐리어 디자인의 대다수를 차지하였고, 나의 것 또한 그러했다. 어두운 색이 여행 중에 때도 덜 타고 좋은 점이 있긴 하다. 하지만 제일 난감한 순간은 비행기에서 내려 짐을 찾을 때이다. 컨베이어를 타고 나오는 짐들이 왜 다 내 짐 같은지! 그리고 혹시나 바뀔까봐 노심초사. 바쁜 여행 일정 중에 가방이 바뀌기라도 한다면 그야말로 초 난감이다. 최악의 경우 캐리어를 잃어버려 중요한 짐이 다 없어진 채 한국대사관을 찾아가야 하는 불상사가 발생할 수도 있다. 물론 기본적으로 여권같이 중요한 짐은 따로 부치지 말아야 하겠지만, 더 좋은 것은 멀리서도 알아볼 수 있는 디자인과 색상의 캐리어를 지참하는 것이다.

요즘은 기능이 뛰어나면서 디자인도 매력적인 캐리어들이 많다. 여행을 계획하고 짐을 싸는 순간부터 공항에서 그리고 여행하는 내내 캐리어 하나에 울고 웃을 일이 많아질 것이다. 좋은 신발을 신으면 좋은 곳으로 데려다준다는 말이 있다. 여행을 계획하고 있다면, 혹은 여행을 가고 싶다면 좋은 캐리어를 준비해보자. 좋은 캐리어가 좋은 여행지로 인도해줄 것이다.

*

더치커피 효과

더치커피를 처음으로 접했을 때의 일이다. 당시는 임신 중으로 커피를 멀리하고 있던 때였다. 더치커피는 뜨겁지 않은 물로 우려내어 카페인이 적을 뿐만 아니라 그 맛이 진하여 커피의 와인이라고 불린다 하였다. 임신 중 카페인 섭취에 대해서는 찬반양론이 있다. 다만 나는 임신 전에도 커피를 많이 마신 날에는 몸이 허해지는 것을 느꼈던지라 임신 중에는 카페인을 멀리하기로 결심하였다. 그런데 카페인이 적은 커피라니! 구미가 당겼다. 일반 디카페인 커피는 가끔 마시긴 하였으나 뭔가 아쉬운 맛이 있었다. 마치 제로 칼로리의 콜라를 마실 때의 아쉬움이랄까?

남편과 더치커피를 파는 곳을 검색하여 당도한 곳은 망원동의 시장 근처였다. 차에서 기다리다가 남편이 가져온 차가운 커피 한 잔을 빨대로 들이켰다. 몇 달 만에 마신 탓일까, 정말 더치커피의 맛이 뛰어난 걸까. 그 맛은 나를 감동시키기에 충분하였다. 그날 남편이 사다준 커피는 나를 흐뭇한 만족감으로 채워주었다. 또한 정서적으로는 좋은 태교가 되었다고 생각한다. 그런데 웬일인가. 나는 그날 밤 한숨도 잠을 이룰 수가 없었다. 이상하다. 어제와 다른 건 더치커피를 마셨다는 사실뿐인데, 설마 더치커피의 카페인 때문일까. 에이, 설마. 카페인이 적은 커피라고 했는데 더치커피 때문은 아닐 거야. 정말 아니라고 믿고 싶었다.

머칠 후 나는 집 근처 마트의 프랜차이즈 커피 전문점으로 가 당당하게 더치커피를 시켰다. 그래, 분명 며칠 전 밤샘 사건은 우연이었을 거야. 원래 임신하면 신체리듬이 이랬다, 저랬다 하는 법이니……. 그렇게 맛본 더치커피의 맛은 역시나 훌륭하였다. 아, 이렇게 맛있는 더치커피를 매일 마시면 좋겠다. 추출하는 기계도 판다는데 집에 하나 구비해놓고 매일 커피를 내리며 커피 태교를 해보면 어떨까 하는 행복한 상상을 하며 커피 한잔을 다 마셨다.

그날 밤 제발 아니길 바랐던 일이 또 현실로 일어났다. 나는 또 한숨도 자지 못한 것이다. 도대체 뭐가 문제일까. 임신하고 절대적 카페인 프리의 삶을 살다 보니 더치커피의 약한 카페인에도 내 몸이 견디지 못하는 것일까.

언제부터일까. 밥보다 커피가 더 좋아진 것이.

나는 커피를 좋아하는 여자이다.

그런데 대한민국은 커피가 밥보다 비싸고 커피를 좋아하는 사람들,

특히 여자들이 비난 받는 세상이다.

이유인즉슨 첫째, 후식에 불과한 커피가 어떻게 주식인 밥보다 비쌀 수 있으며

둘째, 이런 비싼 커피를 돈 주고 사먹는 사람들의 행위가 과소비이며

과사욕에 의한 결과라는 것이다.

나에게 비판의 잣대를 들이댄다면 쿨하게 넘기고

뭐, 그럴 수도 있다고 본다. 비싼 것은 아쉽다.

하지만 밥보다 커피를 더 좋아하는 취향은 비단 나만의 것은 아닌 듯하다.

생겼다 없어졌다 반복하는 무수히 많은 커피 집들과

편의점에 넘쳐나는 커피 음료들, 그것들은 다 누구의 수요에 의한 것인가?

이것은 취향을 넘어선 하나의 사회 현상이라고 볼 수 있겠다.

오죽하면 '카페라떼 효과'라는 말이 있겠는가.

말만 거창하지 별 뜻 아니다. 하루에 라떼 값 4,000원을 아끼면

30년 후 2억 원이 된단다. 눈이 휘둥그레질 만한 이야기이지만,

사실은 소액을 꾸준히 모으고 투자하면 복리의 효과를 통해

목돈을 만들 수 있다는 것이다.

이것은 재테크와 복리에 대한 이해만 있으면 누구나 아는 초간단 지식이다.

그런데 이 심플한 원리를 '카페라떼'에 빗대어 설명하니 사람들은 혹하고

"우와~!" 한다. 실로 커피는 이 시대의 슈퍼스타이다.

다음 날 인터넷을 폭풍 검색한 끝에 내가 내린 결론은 이것이었다. 더치커피의 카페인 수준을 무시할 수 없다는 것이다. 낮은 온도의 물로 추출하기 때문에 순간의 카페인 양이 적을 수 있지만 오랜 시간 추출하다 보니 적은 양이 모이고 모여 더 많은 양의 카페인이 될 수도 있다는 한 블로거의 분석에 동조하는 마음이 들었다. 무엇보다도 내 몸의 반응을 그냥 넘길 수 없었기에 나의 더치커피 사랑은 그대로 막을 내리고 말았다.

아이를 낳고 1년째 모유 수유 중인지라 아직도 커피를 마음껏 즐기지 못하고 있다. 그래서 주로 커피를 대체할 마실 것들에 눈을 돌리게 된다. 어느 커피 전문점에나 있는 스무디, 생과일 주스, 요거트부터 페퍼민트 티나 루이보스 티 등이 그것들이다. 언젠가부터 커피우유를 자주 마시는데 이게 가공식품이라 커피보다 더 몸에 안 좋을 수 있다 하니 이것 역시 끊어야 하나 고민이다. 그 외에 임신부나 수유부를 위한 제대로 된 커피 대용품들도 있다. 오르조(ORZO)는 커피와 비슷한 맛과 향을 지녔는데 보리로 만들어졌다고 한다. 나도 한 번 마셔볼까 고민하다 그래 봤자 보리음료지 하며 그만두었다. 아, 커피 하나면 끝날 텐데. 다른 마실 것들은 다 필요 없는데. 오늘도 나는 커피 주변에서 방황 중이다.

Story 09

*

태양을 피하는 방법

런던에서 지낼 때는 태양을 두려워하지 않았다. 흐린 날씨 일색인 런던에서는 햇빛이 반짝일 때 온 몸으로 받아주는 것이 미덕이다. 그리고 영국인들은 모태 백인이라 그런지 동양인인 나처럼 하얀 피부에 집착하지 않는다. 피부가 발개지고 주근깨가 생겨도 그들은 타고난 화이트 성골인 것이다.

그래, 어차피 되지도 않을 화이트, 나는 나의 가진 것 그대로 살아가리라 하여 햇빛을 즐겼고, 자연스레 내 피부는 이전보다 좀 까매진 듯하다.

자외선이 무섭다.

맑고 따사로운 햇살을 여유롭게 맞아주고 싶건만

자꾸만 내 피부에 거무스름한 흔적들을 남기고 달아난다.

이 흔적들은 잘 없어지지도 않는 것이

원래부터 내 것인 양 자리 잡는다.

자외선을 많이 받으면

노화도 빨리 진행된다고 한다.

이렇게 슬픈 일이!

더운 건 여름 한철이라지만

이놈의 자외선은 사시사철 공격이다.

대한민국 서울로 돌아왔더니 역시나 피부는 하얀 것이 대세이다. 그것이 전통적인 미의 관점이든, 서양 문화에 대한 동경이든, 열등감이든, 외모지상주의든, 하얀 피부를 가진 사람은 어려 보이고 좋은 인상을 주며 건강해 보인다. 나는 다시 하얀 피부를 동경하게 되었다.

미용의 측면에서 뿐만 아니라 하얀 피부는 건강의 관점에서도 중요하다. 내가 어릴 때는 오존층이라는 것이 비교적 넓게 퍼져 있지 않았던가. 초등학교 다닐 때 선생님은 "헤어스프레이를 쓰면 오존층이 파괴되니 사용하지 마세요", "오존층이 파괴되면 피부암에 걸려요!" 이러한 무시무시하게 비약적인 수업을 하곤 하셨다. 그런데 지금 우리가 사는 세상에 오존층은 얼마나 남아 있는가? 이미 상당히 파괴되었다. 햇살 뜨거운 날이나 흐린 날이나, 여름이나 겨울이나 쏟아지는 자외선 양은 일정하다고 한다. 그러면 하얀 피부를 위해서라면? 결국 태양을 피하는 수밖에.

양산은 연로하신 분 또는 스타일이 연로한 사람이 들고 다니는 것이라고 생각했었다. 그럴 수밖에 없는 게 주변에서 예쁜 양산 들고 다니는 사람을 보기 어렵다. 그런데 한여름 뙤약볕을 견뎌내기에는 양산만한 물건도 없어 보인다. 물리적으로 태양을 피할 수 있는 도구에는 양산 외에도 모자, 선글라스 등이 있다. 선글라스는 그야말로 스타일리시한 아이템이라 매일 써도 좋겠지만, 눈 주변 빼고는 지못미이다. 모자도 그나마 멋들어지게 활용할 수 있는 소품인데 한 번 쓰면 머리가 눌리는지라 밖에 있으면 계속 쓰고 있어야 한다는 점이 아쉽다. 더워도 찝찝해도 벗을 수 없는 그 불편함이 싫다.

그래. 올해는 양산을 장만하기로 하자. 일본 영화에서 자주 볼 수 있는 레이스 양산도 찾아보고, 아티스트의 그림으로 멋지게 꾸며진 양산도 찾아보았다. 검색에 검색을 거듭하여 아줌마표 몸뻬바지에 들어갈 만한 패턴 같은 건 없는 가장 깔끔한 스타일의 베이지 컬러로 결정! 어느 차림에나 쉽게 들 수 있는 양산이 나한테는 제일일 듯싶었다. 외출할 때 들고 나갔더니 참 좋다. 스타일이 아쉬워지면? 접어서 가방 안에 쏙 넣어버리면 그만이다.

물리적으로 태양을 피하는 방법에 골몰하기 전, 내가 의지했던 것은 자외선 차단제이다. 매일, 심지어 집에 있을 때도 자외선 차단제를 바르는 편인데 문제는 아침에 바르고 끝이라는 점. 전문가들의 조언에 따르면 자외선 차단 제품은 3~4시간에 한 번씩 두껍게 계속 발라줘야 효과가 있다고 한다. 피부를 위해서 얼마나 부지런해져야 하는가! 자외선 차단제 사용은 화학적으로 태양을 피하는 대표적 방법이다. 그런데 자외선 차단제도 정확히는 화학적 차단제와 물리적 차단제로 나뉜다. 우리가 일반적으로 쓰는 것들은 대부분 화학적 차단제로 피부에 매끈하게 발리는 부드러운 질감을 자랑한다. 외출하기 15분에서 30분 전에 발라주어야 한다. 화학 작용이 일어나는 셈이니 자외선을 막아주는 역할 외에는 피부에 좋을 리 만무하다. 반면 물리적 자외선 차단제는 바르는 즉시 피부 막을 만들어 자외선을 차단해주는 것인데, 주로 아기용 선크림 등이 해당된다. 이는 발랐을 때 백탁 현상 등이 나타나기 쉬운데 피부에 좋으려니 하고 바르면 괜찮지만, 보통 선크림 도포 후 화장까지 하는 성인 여성들에게는 불편한 점이 많다. 요즘은 백탁 현상을 최소화한 물리적 차단제도 나와 있다고 하나, 그 최소라는 게 내가 견딜 수 있을 정도일지는 모르겠다.

피부에 돈 들이고 싶지 않으면 자외선 차단제를 꾸준히 발라야 된다고 한다. 거기에 모자나 양산 또는 선글라스를 추가한다면 좀 더 자외선과 멀어질 수 있다. 거울 보면서 '그러길 잘했어!' 하는 날이 분명 올 것이다.

뜨거운 겨울이 좋다

HOT

겨울 추위의 혹독함이 매년 갈수록 심해져가는 듯하다. 보통 10월 말부터 추워져서 4월 말까지도 꽃샘추위가 오는 편이니, 1년의 반은 겨울이라 해도 무방하다.

인생의 반을 추위를 핑계로 집에만 박혀 있기에는 아쉽다. 그러니 추위를 이겨내야 한다. 다행히도 이 세상에는 추위를 막기 위한 방한용품이 놀라울 정도로 많다. 지금부터 추운 겨울 바깥에서 내 몸을 따뜻하게 할 수 있는 방법들에 대해 살펴보자.

아이들 동요 중에 이런 가사가 있다.

"바람 불어도 괜찮아요. 괜찮아요. 괜찮아요.

쌩쌩 불어도 괜찮아요. 난 난 난 나는 괜찮아요. 털 오버 때문도 아니죠.

털장갑 때문도 아니죠. 씩씩하니까 괜찮아요. 난 난 난 나는 괜찮아요."

가사를 듣고 소스라치게 놀랐다. 씩씩함 하나로 차디차고 추운 겨울을 견디라고?

분명 아이들에게 추위도 울지 말라는 취지로 만들어진 노래일 테다.

하지만 동요는 동요일 뿐! 현실에서는 추운 겨울바람이 많이 불면 털 오버,

털장갑, 털모자, 또는 무엇이든 간절해지는 것이 사실이다.

씩씩하고 당당하게 그 모든 것을 무시했을 때 돌아오는 것은

감기와 추위에 덜덜거리는 몸뚱어리뿐이다.

첫 번째는 가장 흔한 방법으로 외투를 활용해 내 몸을 감싸는 것이다. 등골 브레이커라 불리는 패딩들과 불편한 진실을 간직한 모피 역시 포함된다. 언젠가 갑자기 시작된 캐나다산 패딩의 유행은 점점 추워지는 겨울 날씨를 반영한 결과이다. 이제 우리나라의 추위도 한파의 나라 캐나다의 추위에 못지않아지고 있다는 것이다. 울, 캐시미어 등의 소재도 겨울 외투에 자주 사용되고 있다. 하지만 이는 몸매를 맵시 있게 살려주는 겨울철의 어여쁜 아이템이 될 수 있을지 몰라도 추위에는 비교적 약한 편이다. 살을 에는 추위를 일단 막는 것이 목표라면 패뚱(패딩을 입어 뚱뚱해 보이는 사람을 일컬음)이 되어 패션 테러리스트가 될지언정 예쁜 코트는 포기하는 것이 좋다. 대신 라인이 잘 빠진 패딩이나 모피 제품을 고르는 것으로 만족해야 한다. 모피는 동물 애호가들의 1순위 비난 제품이다. 실제로 가엾은 동물들의 피부를 벗겨내 나의 안락을 도모하는 것이니 잔인한 일임이 분명하다. 요즘은 실제와 거의 비슷하게 나오는 인조 털로 만들어진 모피도 있으니 선택해봄 직하다.

두 번째 방법은 손과 발을 따뜻하게 하는 것이다. 심장에서 가장 멀리 떨어져 있는 손과 발은 외부 온도에 쉽게 노출된다. 손과 발을 따뜻하게 함으로 몸 전체에 전해지는 추위를 한결 덜어줄 수 있다. 이제는 필수가 된 겨울철 부츠와 장갑을 잘 활용하는 것이 기본이다. 못생겼다고(ugly) 어그(UGG)라고 이름 지어진 털 부츠는 겨울 패션의 대명사가 된 지 오래고, 요즘은 패딩의 유행을 타고 부츠도

장갑도 패딩으로 된 것을 많이 볼 수 있다. 털과 패딩뿐만 아니라 가죽, 니트 등 다양한 소재로 만들어진 부츠는 웬만한 코디에 잘 어울리는 요술 아이템이기도 하다. 장갑 역시 필수인데 가죽 장갑, 니트 장갑, 극세사 장갑 무엇이든 착용했을 때와 하지 않을 때 느껴지는 추위는 그 정도가 확연히 다르다. 요즘은 스마트폰 장갑이라는 것도 있는데, 하루 종일 스마트폰을 손에서 내려놓지 못한다면 스마트폰 인식이 가능한 장갑을 사용하는 것이 좋겠다.

세 번째는 바람이 몸에 들어오는 통로를 최대한 차단하는 것이다. 목도리, 모자, 귀마개, 마스크 등의 방한용품들을 이용할 수 있다. 외투로 완벽 방어가 힘든 미세 구역인 목, 머리, 귀, 얼굴 등을 막는 용도이다. 목도리의 효과는 생각보다 훨씬 커서 착용 시 체온을 3~4도까지 올려준다고 한다. 특히 겨울철 불청객인 감기를 예방하기 위해서는 목을 잘 보호해야 하는데, 이때에 직접적인 도움을 주는 것이 목도리이다. 기본적인 사각형 형태로 생긴 목도리 외에도 요즘은 목만 감싸 깔끔하게 연출 가능한 넥워머가 다양한 소재로 나와 있다. 목도리 매는 방법이 고민인 사람에게는 넥워머가 대안이 될 수 있다.

모자 역시 썼을 때 보온 효과를 확실히 느낄 수 있는 물건이다. 비니, 베레모, 스냅백 등 다양한 스타일의 모자가 있어 보온도 챙기고 멋진 패션을 뽐낼 수도 있으니 일석이조이다. 귀를 따뜻하게 해주는 귀마개도 추운 날 큰 도움이 될 수 있는데, 보통은 털 소재로 만들어지며 겨울 패션의 포인트로 활용 가능하다. 마스크는 요즘 더더욱 필수인데, 중국 발 황사와 초미세 먼지까지 우리의 건강을 위협하는 요즘이기에 꼼꼼하게 골라야 하는 물건이다. 이렇게 다양한 보조 방한 용품들 가운데 요즘은 이 모든 게 하나로 합쳐진 물건도 있는데 목과 머리, 귀, 얼굴까지 한 번에 감싸주는 형태로 착용 시 눈 부위만 노출이 된다. 마치 은행 강도들이 쓰는 마스크 비슷한 모습이 되긴 하지만 보온 효과는 최고일 듯하다.

네 번째 방법은 내복을 따뜻하게 입는 것이다. 요즘은 발열 소재의 내복이 최고의 인기를 누리고 있다. 10년 전만 해도 내복은 촌스럽게 생겨 입은 것을 들키고 싶지 않은 옷일 뿐이었다. 그러나 어느 날 나타난 얇은 소재의 옷들은 히트텍이라는 '기술'로 불리며 촌스럽지도 않고 얇으며 따뜻하기까지 한 마법을 실현해 주었다. 내복을 입는 것만으로도 체온을 약 3도나 올려준다고 하는데 입었을 때 세련되기까지 하니 안 입을 이유가 없다. 패딩과는 비교도 되지 않는 가격에 내실을 탄탄히 다져준다는 점에서 내복을 입는 것은 추위를 막는 가성비 가장 훌륭한 방법이라 할 수 있다. 내복에 '기술'이 입혀질 것이라 생각해본 적이 없었던 과거를 비추어 보았을 때 10년쯤 뒤에는 '진짜 기술'로 난방기구같이 내 몸을 따뜻하게 감싸주는 옷이 나타나지 말란 법도 없다. 지금의 기술로는 전자파와 안정성의 문제에서 자유로울 수 없으나 '진짜 기술'이 입혀진 물건이 나온다면 방한용품의 역사를 새로 쓰게 될 것이다.

다섯 번째 방법은 몸 안을 따뜻하게 하는 것이다. 운동과 식이요법으로 크게 나눌 수 있다. 운동을 하면 몸에서 열이 난다. 스포츠 선수들은 추운 날 반팔 반바지로 운동을 하기도 하는데, 몸에서 나오는 열로 바깥의 추위를 이겨내는 것이다. 운동을 함으로써 따뜻한 몸을 만들고 내 몸의 건강도 지킬 수 있다. 또한 먹는 음식으로도 추위를 이겨낼 수 있는데 고춧가루나 커리 등이 들어간 매운 음식은 열이 나게 하여 일순간이나마 몸을 데워준다. 초콜릿 바도 빠르게 에너지를 충전시켜주는 충실한 먹거리이다. 그 어떤 음식보다도 방한에 탁월한 효과가 있는 음식은 알코올일 것이다. 알코올은 몸에 열이 나게 할 뿐만 아니라 추위를 잊게 만드는 효과도 있다. 그러나 자칫 잘못하여 추위를 잊고 방한 본능마저 잊게 되면 겨울 밤 동사하기 십상이다. 맨 정신으로 추위를 피하고 싶다면 알코올은 가까이 하지 않는 것이 좋겠다.

마지막으로 가장 간편한 방법 하나를 보태본다. 바로 휴대용 손난로나 핫팩을 몸에 소지하는 것이다. 매서운 바람이 부는 날, 몸에 핫팩 하나를 간직하고 나서면 마음까지 든든하다. 남들이 모르는 온기 하나를 갖춘 셈이 된다. 한 번 쓰고 버리는 것이 아쉬운 사람들을 위해 usb로 충전되는 충전식 손난로도 찾아볼 수 있다. 추운 겨울 내내 작지만 강하게 나의 체온을 올려주는 야무진 물건이 되어 줄 것이다.

앞서도 이야기했지만 목도리를 하면 체온이 3~4도, 내복을 입어도 3도쯤 올라가는 효과가 있다고 한다. 그러면 위의 방법들을 모두 적용하면 내 체온은 얼마나 올라가게 될까?

'외투 + 목도리 + 장갑 + 부츠 + 모자 + 귀마개 + 마스크 + 내복 + 매운 음식 + 핫팩'

이 모든 것을 갖추고 겨울 길을 걷는다면? 정확한 체온을 예상할 수는 없지만 진짜 따뜻하긴 할 것 같다. 모두 다 하는 것이 답답하거나 거추장스럽다면 몇 가지만 추려 적용하는 것도 좋겠다.

'외투 + 목도리 + 장갑 + 부츠 + 모자 + 내복'

이렇게 또는

'외투 + 넥워머 + 장갑 + 귀마개 + 핫팩'

이런 식으로 말이다. 알뜰살뜰 꼼꼼하게 방한용품을 골라 다가오는 겨울을 준비해보자. 진짜 "바람 불어도 괜찮아요." 콧노래를 부르게 될 수도 있다.

비 올 때만 만날 수 있는 친구들

분명 일기예보에서는 오늘도 장마, 어제도 장마, 그 전날에도 장마라고 했건만, 밖은 해가 쨍쨍하기만 하다. 이게 웬일인가? 기상청 얘기를 들어보면 올해 장마는 예전과 달리 폭염과 때때로 집중 호우가 예상된단다. 과연 그럴까? 비가 올 줄 알고 약속도 안 잡았는데, 집에 앉아서 부채질을 하며 어디로 나가볼까 기웃기웃 해본다. 그런데 비 안 오는 장마, 흔히 마른장마라고 불리는 이 현상이 낯설지가 않다. 그래 작년에도 그랬던 것 같다. 재작년에는 어땠었더라? 분명한 건 최근 몇 년, 특히 여름 날씨는 늘 오락가락했다는 것이다.

긴 장마의 계절이 왔다. 생각만 해도 찝찝하고 추적추적한 느낌!

장마는 본격적이고 뜨거운 한여름을 앞두고 우리를 찾아온다.

원래 여름철 일정 기간 지속적으로 비가 많이 오는 시기를 장마라고 하는데,

보통 우리나라에서는 6월에서 7월까지 이 축축한 기간을 경험할 수 있다.

장마는 따스한 생명력의 계절 봄과 뜨거운 휴가의 계절

여름 사이에 끼어 환영받지 못하는 애매한 시간이기도 하다.

마치 장마의 시련을 견디어야만 여름휴가의

달콤함을 맛볼 수 있는 듯 그 타이밍이 절묘하다.

해마다 집중 호우로 간담을 서늘케 하는 태풍과 장마를 비교하자면

'태풍은 짧고 굵게, 장마는 가늘고 길게'라고 할 수 있겠다.

그만큼 장마는 지루하고 꾸준히 비가 내리는 시기이다.

설마 했더니 역시였다. 며칠이 지나고서 서울 지역을 중심으로 많은 비가 내리기 시작했다. 그렇게 한 달의 절반 이상 비가 내리고 꿉꿉한 날이 지속되었다. 분명 2주 전만 해도 올해 장마는 비가 적다고 했는데 실제로는 비가 오는 축축한 날이 3주가량 유지된 것이다. 재미있는 것은 경기도와 서울을 중심으로는 지겹도록 비가 왔는데, 부산을 중심으로 남쪽 지방은 거의 비가 오지 않았다고 한다. 그래서 올해 여름 유독 부산에 피서객이 많았다지? 아무튼 지겹고도 지겨운 장마가 끝나면 뜨겁고도 뜨거운 폭염이 찾아올 것이다. 계속 쉴 새 없이 새로운 환경에 적응해야 하고 그렇게 시간은 흐른다.

몇 년 전 가방 디자이너로 일하던 때, 다니던 회사의 주력 상품은 가죽 제품이었다. 사실 대부분의 패션업계 사람들이 주재료로 가죽을 사용한다. 가죽은 고급스러운 광택과 자연스러운 주름을 갖추고 있어 가방과 신발 등의 재료에 많이 이용된다. 그러나 가죽에게는 치명적인 약점이 하나 있었으니, 바로 물에 약하다는 것! 비 오는 날 가죽 제품 사용을 멀리해야 한다는 것은 알 만한 사람들은 다 알고 있을 것이다. 자연히 장마 기간에는 가죽 제품의 판매가 저하된다. 비가 많이 오는 시기에는 물에 강한 고무나 pvc로 코팅된 소재의 제품들이 환영받는다. 그런데 문제는 제품 생산 계획이 항상 시즌을 조금 앞두고 진행된다는 점이다. '이번 여름에는 비가 많이 온다고 하니 가죽 소재의 신발을 조금만 생산해야지'라고 정확하게 예상할 수 있으면 얼마나 좋겠는가? 하지만 언젠가부터 이러한 예상이 빗

나가는 경우가 많아졌다.

패션 잡화 중에 가죽 의존도가 진정 높은 것을 고르라면 신발이다. 가죽 가방은 무겁고 부담스러워 들지 않는 사람들도 가죽 신발은 편하고 실용적이라는 이유로 많이들 착용한다. 여름에도 비만 자주 오지 않는다면 가죽으로 된 샌들은 충분히 인기 제품이 될 수 있다. 내가 다니던 회사에서도 여름 신발을 생산하기 위해 트렌드 조사와 디자인을 하고 있었다. 마침내 디자인이 결정되고 생산량을 결정하기 직전 고려할 수 있었던 자료는 그 당시의 일기예보였다. 본격적인 여름이 오기 전이었던 그때, 기상청은 그해 여름에는 비가 많이 오지 않을 것이라고 예상했고, 우리 회사는 가죽 샌들을 대량 생산하기로 결정하였다. 결과는? 물론 그해 여름에는 비가 엄청나게 많이 왔다. 그리고 자연스럽게 회사 물류 창고에는 상당한 양의 가죽 샌들이 재고로 쌓였다는 슬픈 이야기!

초등학교 교과서에 두 아들을 걱정하는 부모 이야기가 나온다. 첫째 아들은 우산 장사, 둘째 아들은 부채 장사를 하니 부모는 날씨가 좋을 땐 첫째 아들 걱정, 비가 올 땐 둘째 아들 걱정을 하느라 매일이 걱정이라는 이야기다. 한 달이 30일이라면 정확하게 15일은 비가 오고 나머지 15일은 해가 반짝여서 아들 걱정 좀 안 하고 살면 좋으련만. 이 세상 모든 일이 그런 것처럼 날씨 역시 딱 떨어지는 맛이 없다. 장마철 비도 좀 적당히 오면 좋지 않겠는가. 하지만 현실은 어느 해는 호우 시절, 또 어느 해는 땡볕 시절, 이렇게 극단적이다.

축축한 장마는 지겹지만 반면 비가 올 때만 함께할 수 있는 친구들이 있다. 예쁜 장화와 우산이 그들이다. 우산이야 사계절 필수품이지만 장화는 몇 년 전만 해도 어린 아이들을 중심으로 소비되는 상품이었다. 그런데 기후 변화 탓인지 점점 비는 많이 오는 추세이고, 장화가 이제 여름 시즌에는 하나쯤 구비해야 할 패션 아이템이 되어가고 있다. 폭우가 쏟아질 때는 장화만큼 제격인 신발도 없다. 하지만 기껏 아침에 비가 쏟아져서 장화를 신고 나갔더니 오후에 날씨가 쨍쨍하면 왜 그리도 장화 신은 내 발이 부담스러운지. 오늘 장화를 신기로 마음먹었다면 하루의 일기 변화를 잘 예상해보아야 한다. 이러다 보니 장화 신는 날은 1년에 몇 번 되지 않을 수도 있다.

돌아오는 여름에는 파격적인 디자인의 장화를 한 번 골라 보아야겠다. 어차피 몇 번 신지도 못하는데 꿉꿉하고 축축한 비 오는 날, 특별한 디자인의 장화로 내 기분을 정화시켜야지. 어쩌면 비 오는 날이, 장마 기간이 기다려질 수도 있겠다.

*

룩셈부르크와
잡지의 상관관계

잡지를 만드는 것, 이것이 한때 나의 꿈이었다. 이 꿈이 지금도 없어진 것은 아니다, 단지 흐릿해졌을 뿐. 나는 사람들이 많이 읽는 대중적인 잡지보다는 꼭 필요한 사람에게 읽히는 특별한 잡지를 선호한다. 나 혼자 오롯이, 넓을 필요도 없이 그저 책상과 편안한 의자 그리고 마음에 드는 그림과 사진들을 붙여놓을 수 있는 하얀 벽, 새시가 깨끗하게 처리되어 방음이 잘 되는 창문이 있는 공간에서 하루 종일 잡지를 만드는 것! 생각만 해도 즐거운 일이다. 내가 관심 있는 주제를 정하고 모든 글과 이미지는 내 주관에 따라 원하는 대로, 페이지 구성도 내 마음대로 하여 만든 잡지가 누군가에게 읽히고 영향력을 행사할 수 있다면 제법 신날 것 같다.

오래간만에 집 근처의 동네 도서관을 찾았다.

전에 없던 잡지가 비치되어 있었다.

가끔 읽던 것인데 볼 때마다 눈이 호강한다는 생각이 드는 잡지이다.

책을 펼치는 순간 머릿속에는 오늘도 나에게 감흥을 줄 내용이 있을까?

새로운 소식이 있을까? 기대가 된다.

그렇다. 잡지는 새로운 이야기를 들려줄 것만 같은 기대감의 매체이다.

둘러보니 나를 설레게 하는 내용이 한둘이 아니다.

우와, 우와 감탄이 연발되며 한편으로는 소비 욕구를 자극시킨다.

우리 집에도 저 쿠션을 갖다놓고 싶다! 나는 언제쯤 저런 집에서 살아보나?

같은 결코 편안하지 않은 생각들도 함께이다. 책을 덮으면서 깨달았다.

나름 트렌드에 밝다 생각했는데 한참 뒤처져 있었구나.

내 머릿속 지식들은 얼리어답터라고 하기보다는

몇 년 전쯤의 내용들을 계속 우려먹는 사골 국물 스타일에 가까웠구나

하는 스스로의 감각에 대한 한탄이 시작되었다.

2009년 룩셈부르크의 독립 잡지 심포지움인 '콜로폰(Colophon)'에 간 적이 있다. 룩셈부르크는 그저 베네룩스 3국 중 하나이고, 크라잉넛의 노래에나 등장하는 나라인 줄 알았다. 헌데 그곳에서 독립 잡지 심포지움이 열리고 내가 그곳에 갈 줄이야! 내가 런던에 거주할 때인지라 룩셈부르크까지는 라이언 에어의 티켓 한 장이면 닿을 수 있었다. 런던에서 비행기를 타고 독일의 프랑크푸르트로, 프랑크푸르트에서 버스를 타고 룩셈부르크로, 그렇게 나는 마치 유럽 공동체의 일원처럼 가벼운 차림으로 룩셈부르크에 당도했다.

2박3일의 심포지움 참가 후 내가 블로그에 남긴 글을 소개하려고 한다.

> 룩셈부르크는 생각했던 만큼 아름다웠다. 동화 같은 곳. 식상하게 서 있는 나지만 마음속에 더 간절히 원하는 것이 생겼다. 설명하기 어려웠던 것. 'Small Publishing' 또는 'Independent Publishing', 내 마음 속 아담한 꿈. 하지만 반짝반짝 빛나게 되었다. 약간 겁먹은 것도 사실이다. 열정을 가진 수많은 사람을 만나 주눅 들기도 했다. 하지만 파이팅!
> 2년 후에는 나도 한국의 잡지들을 소개할 수 있길! 그리고 Good News를 담은 잡지 publisher가 언젠가 되길! 겉모습뿐 아니라 콘텐츠가 빛나는 아름다운 잡지.

그 당시는 전 세계적으로 독립 잡지의 부흥기였다. 컴퓨터와 인쇄 기술이 발전

함에 따라 누구나 개인 컴퓨터로 잡지를 만들 수 있는 시대가 도래했고, 한편으로는 스마트폰과 태블릿 PC의 출현으로 온라인 잡지의 탄생이 발현되던 그때였다. 누구나 잡지를 만들 수 있다는 것은 나에게도 신선한 충격이었다. 룩셈부르크를 다녀온 후 나는 "나도 나도"의 심리로 인해 몇 가지 미니 잡지를 만들기도 했다. 그리고 적은 액수이지만 전시회나 벼룩시장 등을 통해 팔기도 하였고, 때마침 내가 공부하던 학교의 도서관에 독립 잡지 보관 창고를 만드는 프로젝트가 시작되었는데, 내가 만든 잡지가 선정되는 영광을 누리기도 했다.

독립 잡지의 가장 큰 특징은 상업적인 면모를 갖추지 않았다는 점이다. 상업 잡지에서 시도할 수 없었던 비주류적 비주얼과 내용들을 다룰 수 있다. 광고도 없고 클라이언트도 없기에 편집자의 주관에 100% 의지해 잡지를 완성할 수 있다는 뜻이다. 결과적으로 다양하고 실험적인 포맷이 가능하다. 독일의 〈Shift!〉는 다양한 포맷으로 나를 감동시켰던 잡지 중 하나이다. 보드 게임 형식의 책부터 샌드위치 도시락 등의 형태까지 매 이슈마다 다른 포맷을 선보인다. 또한 독특한 소재로 나를 사로잡았던 독립 잡지는 미국의 〈Meat Paper〉가 있다. 오로지 고기를 주제로 한 잡지인데 내용과 비주얼 모두 다 신선하다. 독립 잡지들의 인기가 높아지며 상업적으로 성공한 케이스들도 많아지고 있다. 이들은 이제 상업 광고들을 싣기도 하는데, 어쩌면 완전 독립 잡지라고 부르기 애매해진 듯하다.

어느덧 독립 잡지는 꽤 흔한 매체가 되었다. 마을 단위로 동네의 잡지를 만든다거나 아이들 놀이방에서 함께 잡지 만드는 수업을 하는 것도 이미 유행처럼 번졌다. 이제는 특별하다기보다는 독립 영화가 영화의 한 분야로 자리 잡은 것처럼 독립 잡지 또한 그렇게 되는 듯하다. 한때 독립 잡지만 보면 일단 구해서 소장하고 싶어 하였던 나였는데, 너무 많아지는 잡지의 양에 어느 순간 피로함을 느꼈다. 그리고 그렇게 잠시 나는 잡지에 대한 열정을 잊고 살았던 것 같다.

집 앞 도서관을 찾아 상업 잡지 한 권 들춰본 것뿐인데 꼬리에 꼬리를 물고 많은 생각들이 떠오르는 오늘이다. 몇 년 전 나의 꿈은 길을 잃은 것일까? 내가 방문하였던 콜로폰 심포지움의 공식 웹사이트를 방문해보았다. 원래 콜로폰은 비엔날레 형식으로 2년마다 열리며 2009년 당시 "2011년에 다시 만나요~!" 하며 헤어졌다. 그런데 다시 찾은 웹사이트에는 안내문과 함께 콜로폰은 더 이상 진행하지 않는다고 나와 있다. 이미 논의하였던 콘텐츠 이상의 것들을 찾지 못하겠다는 이유와 함께. 2007년과 2009년 두 번 개최하였고 내가 참여한 2009년이 마지막이었다. 뿐만 아니다. 한때 나를 설레게 했던 상당수의 독립 잡지들이 몇 년째 다음 이슈를 내지 않고 있다. 훗~, 어쩌면 독립 잡지의 불꽃 같은 실험의 시대는 지나간 듯하다.

허나 잡지는 여전히 매력적이다. 상업 잡지들은 소비를 자극하는 측면이 없지 않은지라 조금은 미래 지향적이다. 현재보다는 미래에 필요한 것들, 앞서 나가는 사람들의 삶을 보여주는 경향이 강하다. 좋게 말하면 영감과 소스를 얻을 수 있는 자료가 된다. 대신 독립 잡지는 에디터의 의도대로 현재든 과거든 미래든 모두를 다 담을 수가 있다. 좀 더 다양한 시선을 맛볼 수 있는 셈이다. 매일 지겨운 일상을 탓하지 말고 잡지 구독을 시작해보아야겠다. 그리고 내 마음속 꿈을 다시 일깨워가야지. 콘텐츠가 아름다운 잡지, 기쁜 소식을 담은 잡지의 에디터가 될 날은 언제쯤일까? 다시 꿈이 몽글몽글 영글어간다. 내가 만든 잡지에는 이슈마다 깜짝 선물이 있었으면 좋겠다. 잡지 부록 개념이 아닌 잡지의 일부분으로서. 잡지 표지가 멋진 원단으로 되어 있어 스카프로 활용할 수 있다거나 가운데 부분을 오려내면 멋진 액자 프레임으로 활용할 수 있을 만큼 엠보싱이 멋지게 처리되어 있다거나……

*

그릇의 미학

엄마는 그릇을 참 좋아하신다. 길을 걷다가도 예쁜 도자기 그릇을 발견하면 몇만 원을 선뜻 꺼내어 구매하시는 우리 엄마다. 그런데 이상한 것은 예쁜 그릇들을 장식장 안에 전시해두고 절대 사용하지 않는 것이었다. 밥 먹을 때는 공짜로 여기저기서 얻은 평범한 그릇만 사용하셨다. 아빠는 그런 엄마가 못마땅하다며 저거 쓰지도 않는 걸 왜 사다 쌓아놓느냐고 엄마를 놀려 대셨다. 한편으로는 우리도 좀 쓰자며 예쁜 그릇에 밥 먹고 싶다고 투정도 하셨다. 어린 나는 아빠에게 맞장구치며 엄마는 왜 사용하지도 않는 그릇을 집에 전시해놓고 또 계속 예쁜 그릇을 사들이시는 건지 궁금했다.

엄마는, "예쁜 그릇은 손님 오면 써야지"라고 대답하셨다. 얼마 후 손님이 오기로 한 어느 날, 나는 예쁜 그릇들 쓸 생각에 아침부터 기대 만발이었다. 그런데 엄마는 그냥 우리가 쓰던 평범한 그릇에 손님을 대접하셨다. 손님이 가시기까지 답답한 마음을 숨기다가 밤이 다 되어 엄마에게 물었다. "엄마, 도대체 왜……" 그러자 엄마는 "꺼내기 귀찮아, 다 새로 씻어야 되고……."

제법 자란 내가 런던에 갔다가 엄마에게 어떤 선물을 사드릴까 물었다. 엄마는 포트메리온의 접시 시계를 사오라고 하셨다. '엥, 그건 뭐지.' 그릇 브랜드에는 문외한이었던 나는 포트메리온(Portmeirion)과 포트넘앤드메이슨(Fortnum & Mason)을 헷갈려했다. 며칠 전 가보았던 영국의 유명한 차 전문점 포트넘앤드메이슨을 얘기하는 거구나. 나는 포트넘앤드메이슨 숍으로 가서 물건을 찾기 시작했다. 아무리 찾아도 접시로 만든 시계는 보이지 않았다. "엄마, 포트넘앤드메이슨에 접시로 만든 시계가 어디 있어, 도대체?" 엄마는 "포트메리온…… 시계 없어?" 나는 엄마가 정확하게 "포·트·메·리·온"이라고 말씀하시는 걸 들었다. 그건 뭐지?

그제야 인터넷 검색을 한 나는 내 무지함에 부끄러워졌다. 포트메리온은 영국의 아주 유명한 그릇 브랜드였던 것이다. 그때부터 좀 더 알아보니 포트메리온은 한국 여행자들 사이에서 특히 인기 있는 제품이었다. 나는 마침내 진짜 포트메리온 매장에 가서 예쁜 접시 시계를 발견했고, 그것으로 엄마 선물이 해결되었다.

포트메리온 사건이 있었던 게 불과 2년 전이다.

난 그사이 결혼을 하게 되었다.

혼수 준비를 할 때도 그릇은 그저 엄마가 보내주시는 것,

남편이 쓰던 것, 내가 쓰던 것이면 충분하다고 생각했다.

신혼 초 남편에게 맛있는 밥을 차려주겠다고 고군분투하던 어느 날,

'아, 그릇이 마음에 들지 않아'라는 생각이 들었다.

그릇이 예쁘지 않으니 음식도 예쁘지 않고, 맛있게 보이지 않았다.

뿐만 아니라 주방의 모든 도구들이 새롭게 눈에 들어오며

그냥 싹 바꿔버리고 싶다는 생각이 들었다.

그때부터 시작되었다. 내 그릇에 대한 관심!

드라마를 봐도 요리 블로그를 봐도 내 눈에 보이는 건 그릇이었다.

예쁘고 빈티지한 그릇에는 그냥 국만 담아도

근사해 보인다는 걸 알게 되었다.

몇십만 원이 넘는 르쿠르제 냄비에 사람들이

목숨을 거는 이유도 알게 되었다.

그리고 놀랍게도 포트메리온 그릇은 진리였다.

적어도 여자들의 세계에서는.

친정에 가서 엄마가 포트메리온 컬렉션을 거실 중앙 그릇장에 전시해놓으신 것을 보니 슬쩍 미소가 머금어졌다. 예전에는 '힛, 우리 엄마 진짜 특이해'라고 생각했었는데, 이제는 뭔가 뿌듯하다. 엄마에게 살짝 물었다. "엄마, 이 포트메리온 계속 안 쓰고 여기 둘 거야?" 엄마는 "너 결혼할 때 주려고 하니깐 네가 싫다며?"라고 하셨다. 내가 놀라서 "내가 싫다고 했어? 난 좋은데?" 그리고는 대화가 끊겼다. 나도 더 이상 말을 하지 않았다. 그래, 저 그릇들은 엄마를 위한 거야. 저 컬렉션을 모으기까지 수년이 걸리셨을 텐데. 엄마의 노력을 지켜드리고 싶었다. 엄마가 가장 아끼는 저 물건들이 엄마의 애정을 더 받도록. 대신 나는 나의 컬렉션을 시작해볼까 한다. 고이고이 그릇들을 모아 내 딸 시집보낼 때쯤 나는 진짜 엄마의 마음을 알게 되지 않으려나.

*

맛있는 음식이 주는
행복을 조금 더 늘리는 방법

어제 점심에는 외식을 했다. 돼지고기를 25겹으로 잘라 만들었다는 일식 돈가스 집에서였다. 안심을 좋아하는 남편은 히레까스를 시켰고 나는 가츠동을 골랐다. 놀랄 만큼 맛있지는 않았지만 처음 가본 음식점이라 기분이 색달랐고, 오랜만에 하는 외식이라 즐거웠다. 저녁에는 두고두고 해먹고 싶었던 골빔면을 해먹었다. 슈퍼마켓에서 파는 캔 골뱅이를 사서 적당한 크기로 다진 다음 시판하는 비빔면 소스에 비비고 참기름과 삶은 비빔면 면을 섞어 먹는 것이다. 오이를 넣어 먹으면 더 맛있다는데 오이 향을 싫어하는 남편과 같이 살기에 오이는 패스. 대신 면발은 튀기지 않은 건강한 면으로 샀다.

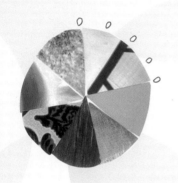

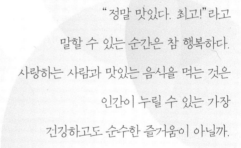

"정말 맛있다. 최고!"라고
말할 수 있는 순간은 참 행복하다.
사랑하는 사람과 맛있는 음식을 먹는 것은
인간이 누릴 수 있는 가장
건강하고도 순수한 즐거움이 아닐까.

음식을 자주 해먹지는 않아도 막상 하면 맛있게 하는 편인데 어제 한 골빔면은 대 실패였다. 골뱅이를 썰고 비빔면 소스에 무치는 것까지는 그럴싸했다. 면발을 익히고 채반에 받칠 때까지도 괜찮았다. 면발을 찬물에 헹구어 쫄깃하고 시원하게 만들었어야 했는데. 나는 그만 채반에서 물을 뺀 뜨거운 면발을 그대로 골뱅이 비빔면 소스와 섞어버렸다. 김이 모락모락 나며 냄새는 환상적인데, 이를 어쩌나. 남편은 맛있겠다며 옆에서 기대 중인데 내 속은 탄다. 먹어보니 역시나 물기 없이 퍽퍽하고 애매한 맛이 난다. 차갑지 않은 뜨뜻미지근한 비빔면은 참으로 맛이 없었지만 골뱅이 맛으로 끝까지 먹었더랬다. 아이고!

솔로몬 왕은 역사상 가장 큰 부귀영화를 누린 왕으로 유명하다. 솔로몬 왕의 수라상은 얼마나 대단했을까. 솔로몬의 하루 식사에 사용된 밀가루는 2만 킬로그램이 넘는데 이는 1만 4,000명이 먹을 수 있는 분량이라고 한다. 그 밖에도 외양간에서 기른 소 10마리, 방목으로 기른 소 20마리, 양 100마리, 사슴, 노루, 새 등을 매일 먹을 수 있었다고 하니 정말 대단하지 않은가. 대부분의 사람이 내 일생 단 한 번만!이라고 부러워할 만하다. 하지만 솔로몬의 모든 영광으로 입은 옷이 들판의 백합화 한 송이만 못하다고 하였다. 어쩌겠는가. 그저 꽃향기를 맡으며 솔로몬의 수라상을 상상만 해야겠다.

한편, 내가 런던에서 만났던 A는 정말이지 특이한 사람이었다. 자신의 이름을 걸고 디자인 스튜디오를 운영하던 그는 사진과 요리에도 취미가 있었는데, 그가 만든 인도식 커리는 내가 지금까지 맛본 중에 최고라고 할 정도로 훌륭했다. 그는 요리 워크숍 운영을 계획할 정도로 요리하는 것을 좋아했고, 또한 재능이 있었다. 그의 요리를 먹을 때마다 나는 내가 표현할 수 있는 최대한의 칭찬을 했고, 그는 당연하게 여기는 듯했다. 반면 그는 자신의 음식을 먹지 않았다. 자신이 만든 음식뿐만 아니라 다른 간식 또한 먹는 모습을 보지 못하였다. 그는 먹는 행위를 즐기지 않는다고 하였다. 식탐이 있는 나로서는 청천벽력 같은 이야기였다. 이토록 맛있는 음식을 만들 줄 아는 사람이 음식 맛보는 데에는 취미가 없다니! 참으로 세상에는 다양한 사람들이 산다.

나는 평균 이상의 식탐을 소유하고 있다. 먹는 순간은 정말 행복하다. 안타까운 것은 행복을 느끼는 것은 아주 잠깐이라는 것이다. 맛있게 먹다 보면 어느 순간 배가 불러오고 그때부터는 어떤 맛있는 음식도 나를 만족시키지 못한다. 심지어 배가 너무 불러 불쾌감이 들기도 한다. 음식은 나를 행복하게도, 불행하게도 만들 수 있는 양면성을 지녔다. 처음 맛보는 음식은 나를 놀라게 할 수도 있다. 지금은 잘 안 먹지만 이를테면 내가 처음 콜라를 마셨던 날도 그러했다. 이렇게 맛있는 음식이 있다니! 지금은 나를 놀라게 할 음식을 찾기가 힘들다. 이미 너무 많은 음식을 맛본 탓이다. 음식 과부하에 걸렸다.

교회에서 성탄절 행사로 참여했던 성극 중에 배추 밑동을 먹고 맛있어 하는 임금님 이야기가 있었다. 내가 초등학교 2학년 때니 오래 전이다. 임금은 솔로몬 왕 뺨치게 으리으리하게 많은 음식을 먹고 살았으나 늘 불만이었다. 맛있는 음식이 없었던 것이다. 불만투성이의 임금을 위해 딸인 공주가 묘안을 낸다. 공주의 아이디어는 간단했다. 바로 임금을 굶기는 것. 어느 정도 굶은 임금에게 들여보낸 음식은 다름 아닌 '배추 밑동'이었다. 아무도 먹지 않고 버리는 배추 밑동을 맛본 임금은 그 맛에 감탄한다. 그래서 요리한 요리사를 불러 칭찬하려고 하자 요리사는 배추를 키운 농부에게, 농부는 배추를 창조하고 날씨를 주관하신 하나님께 그 공을 돌린다. 함께 하나님께 감사하며 임금의 음식 투정은 싹 사라졌다는 것이 성극의 결말이었다. 너무 어릴 때라 정확히 이해할 수 없는 내용이었는데……. 나는 어느새 성인이 되었다. 예전에는 임금 정도 되어야 음식 투정을 할 수 있었을 텐데. 나도 임금님 입맛이 되었나 보다. 아니, 요즘은 집집마다 임금님들이 사는 세상이다. 갑자기 배추 밑동 맛이 궁금해진다.

음식 자체는 먹다 보면 배부르고, 질리기도 하고, 오래 두면 상해버리는 유한한 존재에 불과하지만, 음식을 먹었던 기억은 영원히 남는다. 그래서 맛있는 음식이 주는 행복을 조금 더 늘리는 방법을 생각해 보았다. 요즘 사람 치고 카메라 달린 휴대전화를 안 들고 다니는 사람 있을까. 셀카를 찍는 것을 살짝 부끄러워하는 나는 가끔 음식 사진을 찍는다. 푸드 스타일리스트처럼 멋지게 찍는 건 절대 아니고 덩그러니 음식만 찍어 놓는다. 데코레이션도 하고 예쁘게 찍어서 안 좋을 건 없지만 민폐 끼치기 싫어하는 소심한 성격일뿐더러, 맛있는 음식을 앞에 놔두고 사진을 오래 찍는 것은 함께하는 이들에게도 고문이고 식탐 있는 나로서도 용서하기 힘든 일이다. 누구에게나 즐겨 찍는 각도와 거리가 있기에 같은 음식이라도 내가 찍으면 달라진다. 한마디로 '차작가표 음식 사진'이 된다. 찍어둔 음식 사진을 며칠 내에 감상해보았자 미적 감각도 떨어지고 좀 더 잘 찍을 걸 후회만 든다.

이러한 사진들이 빛을 발하는 데는 시간이 필요하다. 몇 달 동안 찍은 음식 사진을 모아서 한 폴더에 넣어보자. 쭉 둘러보며 입 꼬리가 올라갈 것이다. 내가 이런 음식들을 먹었구나. 이건 참 맛있었지. 저건 가격 대비 별로였고. 이 음식을 같이 먹었던 K는 잘 지내나? 1년을 작정하고 먹은 음식들의 사진을 찍으면 고스란히 1년의 먹거리 역사가 완성된다. 음식을 중심으로 웃고 울었던 기억들이 필름처럼 지나갈 것이다. 그야말로 내가 주인공인 음식 영화다. 누구나 사진기를 가지고 다니는 세상, 얼마나 좋은가? 먹는 순간의 짧은 즐거움이 아쉽다면 한 번 나의 음식 영화, 다큐멘터리, 혹은 사진 에세이를 만들어보자. 찍고 또 찍다 보면 투박한 사진들이 모여서 나에게 기적 같은 즐거움을 선사할 날이 올 것이다.

*

배달 음식, 택배 마니아

배달 음식의 가장 큰 장점은 음식을 준비할 시간과 설거지 거리를 줄여준다는 점이다. 하지만 일회용 용기를 가져다주는 배달업체는 뒤처리가 피곤하다. 바로 쓰레기 분리수거라는 과정이 기다리고 있기 때문이다. 피자 박스 하나, 플라스틱 국물 용기 몇 개를 내다 버리는 게 뭐 큰일이냐고 생각할 수도 있겠지만, 이도 하나 둘 모으다 보면 상당한 양이 된다. 게다가 음식이 남기라도 하면 음식물 쓰레기까지 처리해야 한다. 그렇다 보니 우리 부부는 일회용 용기를 사용하는 배달 음식점보다 그릇을 수거해가는 곳을 선호한다. 다행히도 집 근처에는 우리가 좋아하는 방식의 한식 배달업체가 있다. 넓은 접시에 모든 음식을 그릇째 담고 랩으로 봉한 다음 숟가락과 젓가락까지도 일회용이 아닌 스테인리스 제품으로 배달해주는 곳이다. 반찬도 다양하게 주는데 5칸으로 나누어져 있는 스테인리스 접시에 담아 랩으로 덮어 가져다준다. 음식이 집에 도착하면 그저 그릇들을 식탁으로 옮기고 랩을 벗기기만 하면 마치 근사한 한식집으로 외식을 나온 것과 같은 느낌이 든다. 맛있게 다 먹은 후에는 넓은 접시에 우리가 먹은 흔적들을 모두 담은 후 문 앞에 내다놓기만 하면 끝! 먹기 전에 준비할 것도, 먹고 난 후 처리도 그야말로 간단한 배달 음식의 좋은 예이다.

배달 음식이 재활용 쓰레기를 양산할 수 있다는 점을 앞서 이야기했지만 진짜 복병은 따로 있다. 그것은 바로 택배. 인터넷 쇼핑이 편리한 것은 두말할 것도 없고, 요즘은 컴퓨터 켤 필요도 없이 스마트폰으로 뚝딱 끝나는 업무가 인터넷 쇼핑 아니던가! 나는 인터넷 쇼핑 마니아이다. 가족보다 반가운 것이 택배 아저씨라는 말이 있다. 사진을 보면서 고민고민해서 고른 물건을 실제로 받아보는 기쁨을 주기에 택배 아저씨는 분명 반가운 분이다. 하지만 이 간단한 쇼핑이 어마어마한 재활용 쓰레기를 만들어내기도 한다. 나는 쇼핑을 몰아서 하는 편인데 하루 날 잡아 스마트폰으로 소셜커머스와 인터넷 장터로 살 것들을 쫙 훑으면 30분에서 1시간 만에 일주일 치의 쇼핑이 끝난다. 하지만 다음 날부터 도착하는 택배의 양이 만만치가 않다. 가장 곤란한 경우는 아이스박스에 담겨오는 음식물 택배이다. 일단 스티로폼이 날리는 것부터 신경이 쓰인다.

남편은 배달 음식 마니아이다.

치킨과 피자 가게를 필두로 중국집, 돈까스 집,

백반 집, 보쌈 집 등 다양한 업종의 전화번호 마그네틱이

우리 집 냉장고 옆에 붙어 있을 수밖에 없는 이유이다.

나와 결혼하기 전 10년 가까이를 혼자 살았는데

그땐 마음껏 음식 배달을 시키기 힘들었다고 한다.

치킨과 피자는 혼자 먹기에는 양이 너무 많기 때문이고,

그나마 시킬 만한 것이 중국집 짜장면이었을 텐데

이도 배달이 밀려 있을 때는 무시당하기 일쑤였을 것이다.

결혼 후 두 사람이 되니 치킨과 피자를 업체별로

다양하게 시킬 수 있을 뿐만 아니라 중국집에서

한 그릇만 시킨다고 눈치 볼 것도 없고,

웬만한 배달업체의 배달 기준인 1만 원쯤은

가뿐히 넘길 수 있다고 너무 좋아하는 우리 남편이다.

스티로폼에 붙은 테이프를 제거하는 것은 박스보다 훨씬 더 힘이 든다. 보통 칼로 테이프를 붙인 부분을 자르게 되는데, 이때에 스티로폼이 공중으로 날리지 않기란 거의 불가능하다. 집에 어린 아이가 있을 때는 이것저것 주워 먹을 수도 있는데 혹시나 이 조그맣고 하얀 스티로폼 조각을 먹을까봐 신경이 곤두선다. 이런 아슬아슬하고 신경 쓰이는 일을 몇 번 하다 보니 아이가 어렸을 때에는 웬만해서는 음식물 택배를 시키지 않게 되었다.

사실 아이가 태어나기 전, 싱글과 신혼 시절까지도 재활용 처리하러 밖으로 나가는 게 그리 어려운 일이 아니었다. 하지만 어린 아이를 혼자 돌보는 지금, 재활용 쓰레기는 남편이 시간을 낼 수 있는 주말까지 계속 쌓여만 간다. 택배가 자주 오는데다 음식 배달하는 분까지 심심찮게 찾는 우리 집의 경우 재활용 쓰레기가 항상 쌓여 있다. 재활용할 수 있다 해도 쓰레기는 쓰레기이다. 쌓여 있으면 냄새가 날 수 있고 찝찝하다. 또한 택배가 여러 개 오는 날에는 외출하기도 번거롭다. 택배를 대신 받아주는 경비 아저씨가 계신다 해도 신선 식품이라든가 무거운 물품이 배달될 경우에는 아무래도 집에서 기다려야 마음이 편하다.

영국 런던에는 'unpackaged(언패키지드)'라는 유기농 식료품 가게가 있다. 이름 그대로 포장을 해주지 않기 때문에 이곳에서 물건을 구입하기 위해서는 물건을 담을 용기를 가져가야 한다. 유리그릇이든 플라스틱 통이든 종이 박스든 무엇이든 괜찮다. 과일이 들어 있는 플라스틱 상자, 고추가 들어 있는 비닐, 계란 상자 등등 unpackaged에서는 이 모든 포장을 없앴다. 요즘 마트에서는 환경보호의 일환으로 장바구니를 가져와 쇼핑하기를 권장하지만, 각각의 제품들은 과도하게 포장된 경우가 많다. 포장용기에 각각 담긴 물건들을 마지막에만 재활용 가방에 담는다니 뭔가 아귀가 맞지 않는 느낌이다. 물론 많은 사람이 각자 비닐 한 장씩만 아껴도 자원을 아끼는 데 큰 기여를 한다는 점은 인정한다. 하지만 진정한 환경보호를 도모한다면 개별 포장 용기도 없어져야 하는 것 아닐까? unpackaged의 철학은 포장 자체가 가격적인 면이나 환경적인 면에서 낭비라는 전제에서 출발한다. 나는 여기에 한 가지 더 추가하고 싶다. 포장은 포장을 하고 다시 재활용 처리를 해야 하는 시간적인 면에서도 낭비이다!

이에 비추어 미래의 택배 시스템을 상상해본다. 포장 박스가 필요 없으며 택배 아저씨는 소속 회사의 보관 용기에 발신인의 물건을 가지고 와 지정된 장소에 두고(직접일 수도 있지만 미래에는 무인 택배 보관 시스템이 더 발달할 것 같다), 수신인은 필요한 물건 외에는 어느 것도 버릴 것이 없는 그런 깔끔한 시스템 말이다. 현재로서는 당일 퀵 배송을 이용하면 비슷한 서비스를 받을 수도 있을 것이다. 하지만 가까운 미래에는 좀 더 합리적인 가격에 꼭 당일이 아니더라도 불편한 포장 없이 물건만 배달 받을 수 있는 택배 서비스가 시작되기를 나는 기대하는 바이다.

요즘의 음식 배달과 택배는 편리한 시스템이지만 한편으로는 불편하다. 오늘도 나는 쌓여가는 재활용 쓰레기와 쇼핑하러 다녀오기 번거로움 사이에서 아이러니한 줄다리기를 하고 있다. 하지만 아직까지 여러 가지 면에서 배달과 택배의 편안함을 포기하기 힘들다. 그저 구시렁대며 최대한 재활용 쓰레기를 줄이는 방법을 찾아보는 수밖에……

*

오감만족 빵 예찬

가리는 것 거의 없이 잘 먹는 내가 특별히 좋아하는 음식은 바로 빵이다. 아침식사는 빵으로 하는 것이 자연스럽고 점심, 저녁도 빵으로 끼니로 때울 때가 많다. 우리나라 식생활에서 빵이 차지하는 위치는 조금 애매하다. 빵순이를 자처하는 내가 볼 때 대한민국에서는 빵이 과소평가되고 있는 것 같다. 일단 빵이 밥을 대체할 수 있다는 생각에 동의하는 사람이 우리나라 인구 중 몇이나 될까? 서양에서 빵이 주식이라는 것은 널리 알려진 사실이다. 빵으로 하는 요리는 그 과정도 간단하고, 차릴 것도 많지 않아 먹고 치우는 것이 쉬운데다, 언제 어디서나 심지어는 걸어다니면서도 먹을 수 있는 간편함이 있다.

사람에게는 오감이라는 것이 있다.

시각, 청각, 촉각, 후각 그리고 미각.

나는 감각적인 사람이라는 말을 자주 듣지만,

사실은 감성이 풍부한 사람이라는 게 더 정확한 표현이다.

여기서 '감각적이다'라는 말의 뜻은 감각을 예민하게 느낀다는 것인데

나의 경우는 음악도 디테일보다는 전체 분위기로 듣는 편이고,

냄새는 어지간히 구분 못하며, 음식의 맛도 까다롭게 보지 않는다.

다만 시각적인 면에서는 눈썰미도 있는 편이고 색감이 좋은데,

이것은 나의 전공과 경험에서 비롯하여 발달된 감각이 아닐까 추측해본다.

내가 감각적인 사람으로 보이는 것은 시각과

관련된 직업을 가져왔기 때문일 것이다.

허나 나는 분명 감각보다는 느낌과 감정에 충실한 사람이다.

한때는 내가 미식가라고 생각했었다. 그것이 아니라고 깨달은 것은

그리 오래 되지 않았다. 이전에는 미식가의 뜻을 오해하고 있었다.

미식가는 맛있는 음식을 좋아하는 사람이지

아무 음식이나 즐기는 사람을 말하지 않는다.

나의 경우는 후자에 가깝다. 나는 웬만한 음식은 다 맛있게 먹는다.

성격이 좋아서가 아니라 미각에 둔감한 탓이다.

뿐만 아니라 맛과 영양도 쌀밥에 뒤지지 않는다. 보통 밀가루 음식이 건강에 좋지 않다고 알려져 있지만, 요즘은 잡곡과 좋은 성분으로 만들어진 빵들도 많다. 영양학자들의 주장에 따르면 쌀밥 역시 잡곡과 섞지 않으면 그다지 건강에 도움이 되지 않는다고 한다. 또한 빵이 칼로리가 높다고 알려져 있는데 이는 빵 위에 얹어지는 토핑에 따라 달라지는 것으로, 밥과 함께 어떤 반찬을 먹느냐에 따라 칼로리가 달라지는 것과 비슷한 원리다. 분명 건강과 다이어트에 도움이 되는 빵도 있는 것이다. 얼마 전 런던 패션 위크 기간에 영국 제빵회사 연합회에서 만든 토스트 냄새가 나는 향수가 모델들에게 권해졌다고 한다. 이벤트로 진행된 이 행사는 빵이 필수 영양소가 가득해 건강에 좋고, 토스트는 칼로리도 낮다는 것을 알리기 위해 기획되었다고 한다. 아직까지 우리나라에서는 빵은 주식보다는 후식 또는 간식이라는 개념이 강하다. 밥 먹고 빵을 또 먹으니 다이어트가 필요한 것은 아닌지? 그냥 빵을 주식으로 하는 것도 괜찮지 않을까? 어쨌거나 빵은 대한민국에서 주식이라고 하기에는 살짝 모자라고, 간식이라고 하기에는 조금 버거운 헷갈리는 위치를 차지하고 있다.

영화 〈해피해피 브래드〉에서는 빵으로 인해 까페 '마니'를 찾는 사람들의 마음 속 상처가 치유되는 사연들이 나온다. 빵을 만들 때의 고소한 냄새와 갓 구워진 빵의 완벽한 맛은 둔감한 나마저도 완전히 몰입시킨다. 나의 감각을 무력화시키며 그 냄새만으로도 큰 위로가 되는 빵, 정말 그 자체로 힐링 덩어리이다. 빵이 가진 그 특별한 냄새의 후각과 씹는 소리의 청각 그리고 비주얼까지도 사람들을 토닥토닥해주는 능력을 가진 듯하다. 음식을 소재로 한 영화 중에 특히나 빵과 관련된 주제가 많은 것은 아마도 이 감각적인 요소들이 영화라는 영상 매체와 잘 어울리기 때문일 것이다.

빵은 힐링뿐만 아니라 추억 여행도 선사한다. 오늘 오랜만에 베이글을 사왔다. 며칠 전 사둔 크림치즈와 베이글이 환상 호흡을 자랑할 것이라는 기대감이 돋는다. 식빵 칼로 스윽, 싹 자르다 보니 뭐 이렇게 빵가루가 날리는지 살짝 귀찮은 생각이 든다. 우여곡절 끝에 두 쪽으로 잘린 베이글은 토스트기에 들어가 적당히 바삭하게 구워져 나온다. 다음으로 크림치즈를 충분히 발라준다. 아끼지 말고 듬뿍듬뿍. 완성된 크림치즈 베이글을 입에 물어본다. 쫀득쫀득한 식감에 고소하고 부드럽다. 식빵을 씹을 때의 텁텁한 느낌이 아닌 쫀득하게 입에 감기는 느낌이 정겹다. 이 아련하고 말캉말캉한 기억의 냄새는 어디서부터인지, 빵과 함께 추억에 젖는다. 그래 거기, 런던 브릭레인의 베이글 가게가 떠오른다. 많이 추천했던 연어를 넣은 베이글을 먹어보지 못한 것이 못내 아쉽다. 연어에 베이글과 크림치즈를 섞은 맛은 어떨까? 아무리 상상을 해보아도 평소 훈제 연어의 향을 좋아하지 않은 나에게는 그저 그럴 것 같았다. 결국 나는 브릭레인에 갈 때마다 항상 같은 가게에서 베이글에 크림치즈 올린 것만을 사 먹었다. 이 취향은 지금도 변하지 않았다. 나는 베이글에는 크림치즈만을 곁들여 먹는 편이다. 그 위에 계란이든, 베이컨이든, 그 무엇이든 함께하면 내가 아는 베이글의 맛이 없어질 것이 두려운가 보다. 오늘도 그렇다. 쫀득하고 고소한 베이글을 물고 즐거워하며 또 한편으로 아, 그때 런던에서 연어가 든 베이글 한 입만 먹어볼 걸 후회한다. 내가 다시 브릭레인의 그 베이글 가게에 가거든 나는 연어가 든 베이글을 먹을 것인가? 그건 나도 모르겠다. 내가 아는 베이글의 친근한 느낌을 선택할지, 몇 년간 아쉬워했던 새로운 맛에 대한 탐험을 시작할지.

한동안 프랜차이즈 빵집이 득세하며 전 국민을 그들만의 빵맛으로 길들이나 했더니 요즘 동네 빵집의 기세가 무섭다. 홍대 앞에는 특히나 빵 마니아들의 지지를 받는 동네 빵집이 많이 있다. 그리하여 가능한 것이 빵 투어. 맛있는 빵집이 많다 보니 이곳에 한 번씩 다 가본다 하여 투어라고 부른다. 나 역시 몇 군데를 투어해보니 이것 참 해볼 만하다. 남편과 나는 한동안 상수역에 있는 '쿄 베이커리'를 즐겨 갔다. 오징어 먹물로 만든 다양한 빵들이 특히 유명하다는데, 투어 빵집들 중 제일 많은 종류의 빵을 맛볼 수 있다. 홍대 근처에서 회사를 다닐 때 즐겨 가던 '폴앤폴리나'에서는 브레첼과 올리브 치아바타를 즐겨 먹었고, 얼마 전부터는 합정역 근처의 빵집 '오븐과 주전자'를 자주 찾는데, 건강한 재료로 맛있는 빵을 만드는 곳이라 가장 추천하고 싶다.

짜장면과 산타 할아버지

내가 초등학교에 다니기도 전인 어린 시절, 어른들과 짜장면을 시켜 먹으며 있었던 일이다. 그 당시 나에게 짜장면이란 최고로 맛있고, 항상 먹고 싶고, 나를 행복하게 만들어주는 음식이었다. 짜장면을 얼굴에 묻혀가며 맛있게 먹고 있는 나에게 한 분이 "짜장면이 그렇게 맛있니?"라고 말씀하셨다. "네, 짜장면은 맛있는 음식이잖아요"라고 대답하니, "나는 맛이 없는데……"라고 말씀하시는 것이었다. 짜장면이 맛이 없다는 것 자체도 충격이었지만, 다음 그분이 이어 하시는 말씀은 놀랍고도 흥미로웠다. "짜장면이 맛이 없어지면 너가 어른이 된 거야!"

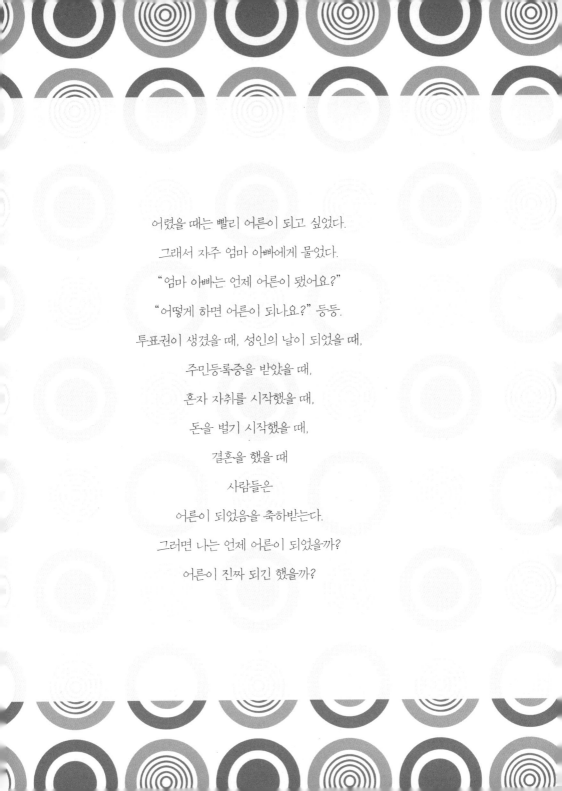

어렸을 때는 빨리 어른이 되고 싶었다.

그래서 자주 엄마 아빠에게 물었다.

"엄마 아빠는 언제 어른이 됐어요?"

"어떻게 하면 어른이 되나요?" 등등.

투표권이 생겼을 때, 성인의 날이 되었을 때,

주민등록증을 받았을 때,

혼자 자취를 시작했을 때,

돈을 벌기 시작했을 때,

결혼을 했을 때

사람들은

어른이 되었음을 축하받는다.

그러면 나는 언제 어른이 되었을까?

어른이 진짜 되긴 했을까?

정말일까? 생각해보니 내 친구들과 또래의 어린 아이들은 다 짜장면을 좋아하는 것 같았다. 나는 그날 드디어 진리를 깨달았다고 생각했다. 그때부터 나는 짜장면을 먹을 때마다 그 맛을 민감하게 따져보기 시작했다. 맛이 없으면 어른이 된다 했으니 얼른 맛이 없어지길 바라기도 했다. 마냥 짜장면을 좋아하던 시절은 가고 짜장면의 맛을 고찰하기 시작한 것이다. 그래서일까? 나의 짜장면 사랑은 오래가지 못했다. 정확히 기억한다. 내가 초등학교 2학년이 될 무렵, 나는 짜장면이 더 이상 맛이 없다는 것을 깨달았다. 그냥 맛이 없는 정도가 아니라 먹었을 때 그 합성 조미료의 맛에 머리가 띵할 정도로 거부감이 들었다. 나는 '아, 내가 어른이 되었구나!'라고 생각했다. 나는 내가 남들보다 좀 더 일찍 어른이 된 특별 케이스라고 생각했다. 그도 그럴 것이 나의 주변 친구들은 여전히 짜장면이라면 사족을 못 쓰는 꼬마들이었다. 나는 엄마 아빠와 친구들에게 내가 이제 어른이 되었노라 선포했다. 이유는 이제 짜장면이 맛이 없기 때문이라고 똑 부러지게 설명하였다. 어느 누구도 그 이유에 토를 달지 않았지만 선뜻 공감하는 이도 없었던 것으로 기억한다.

좀 더 커서 생각해보니 나는 그때 어른이 된 것이 아니었다. 단지 짜장면이 입에 물려 안 좋아하기 시작했을 뿐이다. 짜장면을 싫어하는 것과 어른이 되는 것은 큰 관계가 없었다. 하지만 그때 나에게 '어른 이론'을 제시해주신 분의 뜻을 전혀 이해 못하는 바는 아니다. 어른이 되면 입맛이 변하기도 하고, 자신이 절대적으로 믿었던 것으로부터 배신감을 느끼기도 하기에 진짜 어른이 되어 짜장면을 싫어하게 될 수도 있다. 요즘 아이들한테는 짜장면 말고도 맛있는 음식이 많아졌 겠지만 패스트푸드 햄버거도 잘 먹기 힘들었던 나의 어린 시절에는 짜장면이 맛 있는 음식의 대명사였다. 참 반가운 사실은 추억의 음식이 될 수도 있었던 짜장 면이 지금도 동네 어디서나 쉽게 먹을 수 있는 국민 음식이라는 점이다. 그래서 지금도 짜장면을 먹으며 어린 시절을 추억하고, 잠깐이나마 어린 아이의 기분으 로 돌아갈 수 있는 것이다. '내가 그때 어른이 된 것이 아니었어!'라고 어렴풋이 느끼던 무렵, 나는 '진짜 어른'에 한 걸음 다가서고 있었던 것 아닐까?

짜장면 선호도 외에 사람들이 흔히 얘기하는 어른이 되었음을 알려주는 지표 는 또 있다. 산타 할아버지를 믿는 것도 그 중 하나다. 나는 아주 어렸을 때 친구 아빠가 선물을 준비하시는 것을 보고, 그다음 날 그와 똑같은 선물을 친구가 산 타 할아버지한테 받았다는 이야기를 들으며 산타할아버지의 진실을 알아버렸 다. 친구 아빠는 분명 내가 아직 상황파악을 할 수 없는 어린 아이라고 생각했을 것이고, 내 앞에서 거리낌 없이 선물을 준비하셨을 것이다. 모든 상황을 목격한 내가 엄마한테 이야기하자 나는 "그래, 이제 넌 다 컸구나!"라는 이야기를 들어야 했고, 친구는 내 고백에 울음을 터뜨렸다. 착한 아이에게 선물을 주신다는 산타 할아버지의 판타지가 깨지는 순간은 울음이 나올 정도로 충격적인 사건임에 분 명했다. 그 진실을 조금만 더 늦게 알았으면 좋지 않았을까? 그때 그렇게 산타 할아버지의 선물을 기대하며 착한 어린이가 되기 위해 노력했던 삶은 마감되고, 나는 더 이상 착하지 않은 어른으로의 길에 들어선 듯하다. 한 번 무엇인가 알게 되면 그것을 알기 이전으로 절대 돌아갈 수가 없다. 다시 건너 갈 수 없는 강을 건넌 셈이 된다. 어른이 된다는 것은 판타지를 믿지 않게 된다는 것 아닐까? 산타 할아버지가 있다는 판타지도, 짜장면이 맛있다는 판타지도 나에게는 너무나 일찍 깨져버린 꿈이었다.

　　판타지 영화와 소설은 영원한 베스트셀러이다. 누구나 어른이 되고 싶어 하지만 판타지를 믿던 어린 시절을 그리워한다. '아는 것이 힘'이라는 말이 있고 '모르는 게 약'이라는 말도 있다. 상충되는 표현이나 둘 다 맞는 말이다. 분명 아는 지식이 많아져야 이 세상을 살아갈 수 있고 어른이 되는 것이지만, 가끔 어떤 진실은 모르는 것이 내 순수함을 지키는 데 도움이 되는 일이기에. 난 아직도 짜장면을 즐겨 먹지 않는다. 판타지에서 일찍 벗어났다는 점에서 나는 어쩌면 남보다먼저 어른이 되었을지도 모르겠다.

빅 베이비 in 토이스토리

내가 〈토이스토리〉를 감상하게 된 건 세 번째 시리즈가 개봉한 2010년에 이르러서이다. 그 당시 소개팅으로 만난 남자와 같이 본 영화이기도 하다. 신촌에 자리한 영화관은 평일 저녁이어서 사람이 많지 않았고, 소개팅남과는 친해지기 전이라 어색하였다. 컴컴한 영화관 안으로 들어가니 그리 많지 않은 사람들이 영화 전 광고를 보며 일상 대화를 나누고 있었다. 아직 시작도 하지 않은 초짜 연인은 좌석표와 상관없이 적당히 좋아 보이는 곳에 자리를 잡고 앉았다. 머릿속에는 영화에 대한 기대보다는 옆의 남자에 대한 생각으로 가득했던 것 같다.

〈토이스토리〉는 1995년, 미국 디즈니사와 픽사 스튜디오가
공동 제작한 애니메이션 영화로 존 래스터(John Lasseter) 감독 작품이다.
미국에서 가장 성공한 애니메이션 중 하나이자
미국판 3D 애니메이션의 고전으로 여겨진다.
최초의 장편 컴퓨터 영화로서
컴퓨터그래픽 문화 사업을 확장시키는 데 이바지하였다.
한편으로 이 시대 IT 영웅으로 불리는 스티브 잡스에게
재기의 기회를 허락한 작품이기도 하다.

반면 내 옆에 앉은 남자는 새로운 〈토이스토리〉 시리즈에 대한 기대가 꽤 커 보였다. 전 시리즈를 다 보았다고 얘기하던 그 남자는 싱글벙글하며 함께 영화를 보러 온 것에 대해 만족하는 듯했고, 나를 의식한 탓인지 살짝 긴장한 것처럼 보이기도 했다.

영화가 시작되고 〈토이스토리〉의 향연이 시작되었다. 영화는 빅 재미와 빅 감동, 거기에 눈을 뗄 수 없는 비주얼과 스토리까지 갖춘 수작이었다. 영화 초입에서는 내 옆에 앉은 소개팅남의 리액션 때문에 많이 웃었다. 이렇게 많이 웃는 사람은 난생 처음이군!이라고 여길 정도로, 그 남자는 영화의 시작부터 웃어댔다. 웃긴 장면이 시작되기 조금 전부터 웃기 시작해서 끝나고 난 후에도 남들보다 길게 웃었다. 그런데 영화에 웃음 포인트가 많다 보니 마치 그가 쉬지 않고 웃고 있는 것처럼 느껴졌다. 영화 보기 전의 긴장한 모습은 온데간데없고 호탕하게 계속 웃는 남자에게 나는 그 전보다 조금 더 호감이 생겼다.

영화가 종반으로 들어서자 초반에 쉴 새 없이 코믹했던 분위기는 사라지고 긴장과 슬픔, 비장미가 감돌았다. 그리고 문제의식을 던져주기까지 했다. 참으로 종합 선물세트 같은 영화 아닌가! 그때 나를 사로잡았던 캐릭터는 바로 '빅 베이비', 사람과 똑같이 생긴 아기 인형 장난감이다. 〈토이스토리〉에는 많은 인기 캐릭터들이 등장하는데 카우보이 인형 '우디'와 로봇 '버즈 라이트이어', '미스터 감자머리', '바비 인형' 등이 그들이다. 세 번째 시리즈에서는 딸기 향이 나는 분홍색 곰 인형 '랏소 베어', 바비 인형과 사랑에 빠지는 '켄', 자주색 문어 '스트레치' 그리고 '빅 베이비'가 새롭게 등장한다. '빅 베이비'는 우리가 흔히 주변에서 볼 수 있는 플라스틱 아기 인형인데 항상 젖병을 달고 다니며 실제 아기 크기와 유사하여 '빅 베이비'라고 불린다. 귀여운 외모를 가졌지만 온몸에 낙서가 되어 있고, 꾀죄죄하며, 초롱초롱한 오른쪽 눈과 달리 왼쪽 눈은 고장 난 인형처럼 반쯤 감겨 있어 마치 애꾸눈의 깡패처럼 보이기도 한다. 그 모습이 거리에 버려진 아이들을 보는 것 같아서일까. 나는 이 캐릭터에 짠하게 마음이 쓰였다.

'빅 베이비'는 주인에게 버림받은 후 폭력적인 성향을 보인다. 자신이 버림받았다는 생각에 다른 장난감들을 함부로 대하고 괴롭힌다. 영화 중간 회상 장면에 '빅 베이비'의 리즈 시절이 나오는데, 과거의 그는 하얗고 예쁜 보닛을 쓴 뽀송뽀송한 아기 인형이었다. 여자 아이라면 누구나 갖고 싶어 하는 아주 예쁜 아기 인형 말이다. 바로 저 모습이 사랑 받는 아기의 모습인데, 주인을 잃은 '빅 베이비'의 모습은 흡사 엄마를 잃은 아기의 모습을 보는 듯했다. 영화의 결말에서는 버림받았다고 생각되었던 장난감들이 사실은 주인의 실수로 인해 분실된 것이었다는 사실을 알게 됨으로써 상처가 치유되고 갈등이 마무리된다. '빅 베이비'는 우유도 잘 먹게 되고 전처럼 폭력적이지 않은 귀여운 아기 인형으로 돌아간다. 영화는 해피엔딩이었지만 나의 마음은 영화가 끝나고도 한참, 며칠 동안 무거웠다. 버림

받은 아기의 행보가 너무 가엾다고 생각되었기 때문이다. 이 세상에는 아직도 저렇게 버림받는 아기들이 많이 있다. 안타까운 일이다. 어떤 이유로 인해 버려지든 사실 모든 아기들은 존귀한 존재이기에.

영화를 보며 마음에 살포시 입양이라는 대안이 떠올랐다. 연예인들의 공개 입양이 이슈화되기도 하지만 아직 우리나라에서 입양에 대한 인식은 좋지 않은 편이다. 내 자식도 키우기 힘든데 어찌 남의 자식을 키울 수 있느냐는 것이며, 힘들게 키워봤더니 커서 문제를 일으켰다고 하더라는 카더라 통신들도 한몫한다. 나도 아이를 낳아 키워보니 입양이 쉬운 일이 아니라는 것을 알겠다. 그럼에도 불구하고 입양을 결정하여 사랑을 베푸는 많은 사람이 세상에 있기에, 그나마 이 땅에 사랑이 그리고 힐링이 존재하는 것 아닐까?

함께 〈토이스토리〉를 재미있게 보았던 남자는 내 남편이 되었다. 그리고 예쁜 딸도 생겼다. 가끔 딸아이를 보며 '빅 베이비'를 떠올려본다. 조금 더 크면 실제 사람 크기의 아기 인형을 가지고 놀 텐데, 그럼 더 자주 생각날 것 같다. 아이를 키울수록 이 세상의 외로운 아이들에게 더 마음이 쓰인다. 아직은 많이 부족하지만 내가 나의 딸에게, 가족에게 베푸는 사랑이 영글어 가고, 점점 커지고, 이 커진 사랑이 세상의 버림받은 많은 '빅 베이비'에게 닿는 날이 오기를……

*

살랑살랑, 우리 집의 설렘

유럽 각 도시들에는 굽이굽이마다 보물 같은 미술관들이 많이 있다. 전공이 디자인이고 취미가 그림 그리기인지라 나 역시 유럽의 새로운 도시에 이를 때마다 다양한 미술관을 기웃거려 왔다. 유럽의 대형 미술관들은 재미있는 공통점을 가지고 있는데, 나의 레이더망에 들어온 것은 두 가지 정도 된다. 그 중 하나는 가장 좋은 전시 장소에 인상파 화가들의 그림이 전시되어 있다는 것이다. 그만큼 인상파 화풍의 그림들이 사람들에게 인기가 있고, 작품의 값도 비싸기 때문인 듯싶다.

발표될 당시에는 비웃음을 받았던 인상파의 그림들이
지금은 최고의 대우를 받으며 좋은 위치에 전시되고,
미술관들은 그들의 그림을 하나라도 더
소유하려고 한다.
작품의 가치는 어느 시대이고
역전될 수 있다는 점이 아이러니한 통쾌감을 준다.
유럽의 대형 미술관들이 가진 다른 한 가지 공통점은
아무리 그림 위주의 미술관이라 할지라도
입구에서 처음 관람객을 맞이하는 작품은
입체 작품인 경우가 많다는 것이다.
평면 그림만 가득한 미술관은 아무래도
심심하고 볼거리가 없게 느껴질 수 있는데,
설치 형태의 미술품들이 미술관 초입과
중간중간에 자리 잡고 있으니
전체적으로 다채로워 보이는 효과가 있다.
그림을 보러 미술관에 갔다가 오히려 사이사이의
입체 설치물에 마음을 뺏겨 한참 감상하게 되는 일도 많았다.

입체 작품의 단골 작가 중에는 백남준, 니키 드 생팔(Niki de Saint-Phalle), 알렉산더 칼더(Alexander Calder) 등이 있다. 백남준은 비디오아트로 널리 알려진 대한민국의 자랑이다. 생각보다 많은 서양의 미술관에서 동양의 예술가 백남준의 작품을 미술관에서 가장 눈에 잘 띄는 곳에 전시한다는 점이 인상 깊었다. 여류 작가 니키 드 생팔은 파리 퐁피두센터 옆의 스트라빈스키 분수 등의 작품으로 유명하다.

내가 특히 좋아하는 설치물 작가는 알렉산더 칼더로 모빌의 창시자이다. 모빌은 예술 작품이라기보다는 아기들 장난감이나, 집을 예쁘게 꾸미는 인테리어 소품 정도로만 인식해오던 나는 칼더의 작품을 보며 감동하지 않을 수 없었다. 단순하고 동글동글한 형태부터, 묵직하고 추상적인 형태까지 바람에 살랑이는 그의 작품은 나를 기분 좋은 추억으로 데려다주곤 하였다. 모빌의 가장 큰 특성이 움직이는 것일진대, 그 때문일까? 칼더의 모빌을 볼 때마다 마음에 바람이 불어오는 듯 설레어온다. 바람이 부는 방향과 세기에 따라 그의 작품은 다양한 표정으로 변화하기에 칼더는 자신의 모빌을 '4차원적 소묘'라고 불렀다고 한다. 보는 위치에 따라 다른 얼굴을 가진 이 매력적인 작품들은 1960년대 전후로 큰 인기를 얻어 유럽 미술관과 광장 등에 경쟁하듯 설치되었다고 하니, 유럽 여행을 가서 칼더 작품 보지 않기도 쉽지 않은 일이다.

일상에서 모빌은 흔해졌다. 종이로 만든 모빌은 요즘 유행인 북유럽 인테리어 아이템 중에 하나라고 하여 더 각광받는 장식품이 되었다. 그래서인지 아리따운 모빌을 만들어 파는 사람도, 사는 사람도 많아지는 추세다. 관련된 책이나 블로그를 검색하는 것도 어렵지가 않다. 얼마 전 합정동에 있는 한 카페에 갔다가 그곳에서 하는 모빌 전시를 볼 수 있었는데, 다양한 표현 방식과 소재들을 보며 재미있게 감상했던 기억이 있다.

지금 우리 집에도 몇 개의 모빌이 있다. 하나는 종이로 만들어진 하늘빛 새장 모양의 모빌인데, 집을 이사한 기념으로 엄마가 선물로 사주셨다. 우리 집은 천장이 낮아서 썩 잘 어울리지는 않지만 햇살 따사로이 들어오는 날에 움직이는 새장을 보면 기분이 상큼해진다. 얼마 전에는 파리의 에펠탑과 하트 모양으로 만들어진 부직포 소재의 모빌 하나를 집에 들여 안방 벽시계 옆에 놓았더니 방 분위기가 좋아졌다. 나머지 모빌들은 모두 아기를 위한 것인데, 천 또는 부직포 소재로 조카가 쓰던 것을 물려받은 것도 있고, 내가 태교를 하며 직접 만든 것도 있다. 아기가 만져도 안전하게끔 포근하고 가볍다. 아기 있는 집 치고 모빌 없는 집은 거의 없을 것이다. 아기들은 모빌을 좋아한다. 우리 딸은 특히나 좋아했다. 지금은 많이 커서 모빌 앞에 오래 머물지 않지만, 뒤집기도 못하고 누워만 있던 시절에 모빌은 절대적이었다. 모빌은 가격이 그리 비싸지 않으면서도 집에 생동감과 설렘을 더해주는 최고의 아이템이 아닐까 싶다.

알렉산더 칼더는 살아 있을 때 작품성을 인정받았던 예술가이다. 현대에 가까워질수록 그런 예술가가 많다. 인상파 화가들의 경우처럼 반전 매력을 선사하지는 않으나 처음 본 순간부터 내 마음을 사로잡은 그의 작품이 나는 좋다. 또한 그의 작품은 그 자체로도 예술이지만 실생활로 무한하게 확장할 수 있는 친근함을 가져서 더욱 좋다. 직접 칼더의 작품을 보며 그 흔들림과 바람 소리를 경험해보길 추천한다. 그리고 소망해본다. 내 아이가 조금 더 크면 같이 모빌을 만들어 봐야지. 계절이 바뀔 때마다 함께 아이디어를 내고 제작해 집을 꾸며봐야지. 모빌 만들기가 재미있는 엄마표 미술놀이가 될 그날을 기다리며…….

Story 20

*

부산은 빈티지 천국

한동안 부산을 배경으로 하는 드라마가 유행했다. 사실 드라마뿐만이 아니다. 영화 〈친구〉 이후로 한동안 부산을 촬영 장소로 하는 붐이 일어났다. 〈인정사정 볼 것 없다〉, 〈우리 형〉, 〈해운대〉 그리고 〈범죄와의 전쟁〉까지. 최근의 영화와 드라마까지 부산을 촬영지로 하는 경우가 많은 것을 보면 부산 로케가 반짝 붐은 아닌 듯하다. 그렇다면 왜 부산일까? 부산에서 태어난 나는 이런 현상이 재미있게 느껴진다. 이미 부산을 떠나 여기저기를 방랑한 지 10년이 넘었건만 부산은 나한테 늘 반가운 곳이니까. 부산에 가면 먼저 바다 냄새가 물씬 풍기지만, 또 은은하게 전해져오는 것이 바로 복고 냄새이다.

1997년의 부산을 배경으로 하는

드라마 〈응답하라 1997〉을 보면

걸쭉한 부산 사투리를 들을 수 있는데

이는 작품에 더 극적인 복고 감성을 불어넣는

역할을 하는 것 같다.

사투리뿐이라면 아쉬울 것이다.

부산 부두의 형형색색 컨테이너 박스들,

산등성이에 겹겹이 쌓인 건물들, 자갈치시장,

광복동 간판들까지도 뭐라 설명할 수 없는

'부산 복고'를 표현해준다.

내가 빈티지를 사랑하게 된 것도 부산의 영향이 크다. 분명 내가 부산이 아닌 다른 곳에서 태어났다면 나의 빈티지 사랑이 지금만큼은 아닐 것이다. 사실 부산은 빈티지 패션의 성지와 같은 곳이다. 요즘은 서울에서도 황학동 벼룩시장이나 예지동 광장시장 등에서 멋진 빈티지 제품들을 상당수 접할 수 있다. 하지만 부산과 비교할쏘냐! 부산에는 광복 이후에 형성된 '국제시장'이라는 곳이 있다. 미제 깡통 제품을 많이 팔아 '깡통시장'이라고도 불린다. 이곳에 자연스레 자리 잡은 '구제 골목'은 패션에 관심이 좀 있다는 부산 사람들뿐만 아니라 타지 사람들에게도 필수 여행 코스가 되었다.

인터넷의 영향력이 커지면서 부산의 구제 골목도 꽤 유명해졌지만 10여 년 전만 해도 이곳 구제 골목은 부산 멋쟁이들이 알음알음으로 알고 있는 비밀 장소에 가까웠다. 우리 엄마 아빠 세대의 패셔니스타들이 쇼핑을 하고 또 그 자녀가 엄마따라 쇼핑을 가는 그런 장소. 참으로 이 장소의 유래마저도 빈티지스럽지 않은가?

내가 처음 부산 국제시장 구제 골목을 찾은 것은 20대 초중반 때쯤이다. 엄마손에 이끌려 찾은 그곳의 첫인상은 풀풀 날리는 먼지와 함께 참 낯설었다. 구제 골목에는 많은 빈티지 상점이 있고, 각각 조금씩 다른 특징을 가지고 있다. 일반적인 빈티지를 찾는 사람들을 대상으로 퀄리티 좋은 구제를 선택하여 모아놓은 보세 상점 같은 곳이 가장 흔하다. 여기도 가격대는 비싼 편이 아니고 명품이나 유명 브랜드의 제품도 어렵지 않게 살 수가 있다. 하지만 구제 골목의 진짜 대박은 따로 있다. 손 글씨로 "모두 1,000원", "3,000원짜리 골라 가세요"라고 쓰여 있고 엄청난 양의 구제 옷들과 액세서리가 바닥에 산처럼 쌓여 있는 가게들이 있는데, 여기가 바로 고수들만 물건을 건진다는 대박 장소이다. 처음 몇 번 그곳에 갔을 때는 10개를 사도 1만 원이니 사고 보자는 생각으로 잔뜩 구매했다가 대부분 버리곤 했다. 엄마와 나는 구제골목 빈티지 쇼핑 과정을 '보물찾기'라고 불렀는데, 저렴한 가격이지만 잘 찾으면 대박, 잘못 구매하면 쓰레기가 되기도 하였다. 이 보물찾기는 상당히 중독성이 있었다.

몇 번의 시행착오를 거친 후, 구제 골목을 방문한 나는 산처럼 쌓여 있는 구제 옷들 사이에서 보물을 알아보는 눈이 조금씩 뜨이기 시작하였다. 척척 골라 계산하는 내 모습을 보며 가게 주인도 놀라워했다. "볼 줄 안다"는 말로 나를 추켜 세워주기도 하였다. 본격적으로 시작된 나의 빈티지 쇼핑은 짜릿하고 즐거웠다. 가끔 부산에 갈 때마다 엄마와 함께, 친구와 함께하는 빈티지 보물찾기. 아, 정말 부산은 아름다운 곳이다. 예쁘고 유니크한 옷을 싸게 사는 것. 여자라면 누구나 바라는 사항 아닌가!

나의 구제 옷 사는 비결 몇 가지를 소개하려고 한다. 특별하지는 않지만, 혹시 도움이 되지 않을까?

첫째, 가장 기본적으로 브랜드 이름과 어느 나라 브랜드인지 살펴본다. 구제 물건 중에는 명품이나 유명한 브랜드의 제품도 꽤 많다. 기본적으로 퀄리티가 좋은 것은 당연한 사실. 그리고 부산의 구제 제품은 대부분이 미국과 일본 브랜드인데, 내 경험으로는 우리나라 사람이 입기에는 일본 브랜드가 괜찮은 경우가 더 많았다.

둘째, 사이즈와 혼용률을 확인한다. 일단 아무리 예뻐도 사이즈가 크거나 작은 경우에는 내려놓는 것이 좋다. 수선비가 더 든다. 특히 구제는 어깨가 넓은 경우가 많으니 잘 고려하여 구매해야 한다. 또한 혼용률을 잘 살피면 보물을 건질 수 있다. 기본적인 니트인데 캐시미어 100%라고 되어 있다면 대박이니 구매할 것!

셋째, 예쁜 컬러와 프린트를 주시한다. 사실 세 번째 법칙이 제일 먼저 적용된다. 왜냐하면 옷들이 잔뜩 쌓여 있는 가운데 눈에 띄는 것은 컬러와 프린트이기 때문이다. 평소에 내가 좋아하는 컬러가 보인다면 일단 꺼내어 첫째, 둘째 법칙을 바탕으로 확인해보는 것이 좋다. 그리고 프린트의 경우도, 예를 들어 언제나 인기 있는 미키 마우스 캐릭터 프린트의 티셔츠를 고른다면 괜찮은 쇼핑이 될 수 있을 것이다.

화장품 재미있게 구매하기

어렸을 때는 아무거나 발라도, 잘 바르지 않아도 피부가 좋았다. 그때부터 잘 관리했으면 지금 피부가 더 좋지 않았을까라는 생각도 든다. 뒤늦게 성인 여드름으로 얼굴이 뒤집어진 적이 있었다. 20대 중후반 때였는데, 나는 피부 상태 하나로 내 기분이 천국과 지옥을 왔다 갔다 할 수 있다는 것을 알았다. 그때부터였다. 화장품과 피부 관리에 관심이 부쩍 많아졌다. 그래서 명품 화장품에 대해서도 잘 알게 되고, 인터넷을 통해 구입할 수 있는 저렴하지만 효과 좋은 화장품에 대한 지식도 많아졌다. 지금도 누가 성인 여드름에 시달린다면 몇 가지 방법을 추천해줄 수 있을 정도로 그 분야에 있어서 준전문가이다.

남편이 이야기했다. 내 모공이 너무 커 보인단다.

그래, 알고 있었다. 화장을 지우면 확실히 모공이 커 보인다.

그만큼 나이도 들었고 피부 색깔도 점점 붉어져가니 모공이 더 도드라진다.

못내 섭섭하다. 안 그래도 요즘 기미가 한두 개씩 올라오고,

목에 주름도 늘어나는 것 같고, 신경 쓰이는 것이 한두 가지가 아니다.

에휴, 나도 동안 피부 미인이고 싶다고! 남편의 말에 적잖이 신경 쓰여

인터넷에서 모공 관리 화장품을 찾아보았다.

딱히 효과가 있을까라는 의구심을 키우던 중, 얼마 전 다른 화장품을 사고

사은품으로 받은 스톤테라피 모공 케어팩이 눈에 들어온다.

아, 일단 저걸 써봐야겠다.

아니, 스웨덴 왕실 에그팩이 효과가 있다던데 한 번 사봐?

화장품을 이래저래 검색해보며 야단이다. 나는 여자이고 아름답고 싶다.

영원히 아기 같은 피부를 유지하고 싶지만,

이미 늦었다 하더라도 더 이상 나빠지고 싶지는 않다.

요즘은 피부 시술 받는 것도 흔해졌지만 아무래도 기본은 화장품이다.

나에게 맞는 좋은 화장품을 찾는 것은 여자의 평생 과제인 것 같다.

if you want to be beautiful

첫 번째 팁은 여드름이 나기 시작할 때 빨리 병원을 가는 것이다. 여드름은 초기에 치료하는 게 가장 중요하다. 만성이 되면 완치되는데 오래 걸린다. 화장품을 검색하고 공부하면서 나는 약간의 카타르시스를 느꼈던 것 같다. 새로 알게 된 화장품을 사서 발라보고, 그 효과를 소문내고 싶었다. 또한 같은 상품이라도 인터넷 검색을 통해 저렴하게 구입하는 것이 왜 그렇게 재미있는지, 이는 현존하는 많은 인터넷 쇼핑 중독자라면 다 공감할 듯!

누구나 평생 구매하는 것이 화장품일진데 그냥 사면 재미가 없다. 요즘은 이 평생의 행위에 재미를 담는 사람들이 늘어가고 있다. 화장품 구매도 하나의 놀이이고 오락으로서 사람들에게 소비되고 있는 것이다. 앞서 언급한 인터넷 검색을 통한 화장품 구입도 재미를 얻을 수 있는 쉬운 방법 중에 하나이다. 하지만 이는 인터넷 쇼핑을 통해 즐길 수 있는 놀이라면, 내가 경험한 화장품 구매에 특화된 재미있는 놀이법을 이야기해볼까 한다.

그 중 하나는 일명 '대박 방판'이다. 방판, 즉 방문 판매는 우리 엄마나 그 비슷한 연배의 어머님들이 하시는 화장품 구매법이라고만 생각했었다. 하지만 케이블에서 방송하는 유명 뷰티 관련 프로그램의 소개를 통해 최근 방판이 젊은 사람들 사이에서도 널리 애용된다는 것을 알게 되었다. 구매를 통해 받는 샘플의 양이 어마어마하여 '대박 방판'이라고 불린다. 마침 지인을 통해 대박 방판을 소개

받고 나도 경험해보게 되었다. 택배 상자 가득 담겨온 엄청난 양의 샘플들을 보고 일일이 확인하며, "아, 재미있다"를 연발했다. 이래서 사람들이 방판을 하는구나! 사실 정품 가격은 인터넷을 통해 구매하면 더 저렴해진다. 대박 방판은 정가로 제품을 구입하는 대신, 다양한 제품의 샘플들을 받을 수 있는데, 샘플의 양과 가격으로 따지면 막상 진짜 구입한 정품 가격의 몇 배가 넘기도 한다. 그래서 대박이다. 무엇보다도 택배가 도착하기까지 어떤 물건들이 올까 기다리는 순간, 아~ 짜릿하고 설렌다. 이 재미는 끊기 힘들 것 같다.

또 하나의 화장품 구매 놀이는 일명 '저렴이 대 고렴이 비교'이다. 언젠가부터 우리나라에는 길거리를 중심으로 저렴한 가격의 화장품 브랜드 시장이 발달하였다. 이들은 입소문을 통하여 해외에까지 인기를 끌며 많은 히트 화장품을 양산했다. 저렴한 대신 효과도 좋은 이들은 '저렴이'라고 불린다. 반대로 오래 전부터 효과 좋기로 유명한 스테디셀러 명품 화장품은 '고렴이'로 분류된다. 이 둘은 원래 완전히 다른 시장으로 취급되었는데, 최근에는 저렴이 화장품 브랜드들이 고렴이 명품들에 도전장을 내밀기 시작하였다. 고렴이와 비슷한 성분, 효과의 화장품으로 거의 비슷하게 개발하여 소비자들에게 비교해보라고 자극하는 것이다. 가격은 훨씬 저렴하지만 결코 품질은 떨어지지 않는다는 것이 그들의 설명이다. 사실 다른 말로 하면 짝퉁이라 불리는 찝찝한 상품일 수도 있다. 하지만 소비자의 입장에서는 싫지 않은 현상이다. 아무리 효과가 좋아도 가격

때문에 살 수 없는 화장품이 얼마나 많았던가. 그리고 전문가들의 의견에 따르면 화장품의 원가는 정말 얼마 되지 않고 다 비슷비슷하다고 한다. 대부분이 브랜드 값, 패키지 값이란다. 그런데 저렴하게 구매하여 명품 화장품의 효과를 볼수 있다니 구미가 당긴다. 효과 좋은 저렴이를 찾아내는 일 역시 즐겁고 통쾌한 오락이 아닐 수 없다.

　소비에도 놀이가 동반되는 시대이다. 앞서 소개한 두 가지 방법 다 특히 우리나라에서 발달된 화장품 구매 놀이에 속한다. 이제부터 또 어떤 흥미진진한 화장품 구매 오락이 등장할지 기대해보련다. 나는 앞으로도 화장품이랑 꾸준히 친하게 지낼 테니 말이다.

*

색연필로 꿈을 스케치하다

색연필로 그림을 그려본 경험은 누구에게나 있을 것이다. 내가 어렸을 때 가졌던 첫 번째 색연필은 모나미 12색의 축지식 색연필로 옆의 실을 잡아당기면 종이가 풀어져 새 심이 나오는 물건이었다. 이 방식이 재미가 있었던 나는 빨리 색연필의 실을 잡아당기고 싶어 더 열심히 그림을 그리곤 했다. 그리고 시험을 치기 시작하면서 빠지지 않았던 준비물, 빨간색 색연필! 미술 시간이 없는 날에도 빨간색 색연필은 늘 필통 한 구석을 차지하며 나의 산수 실력을 점검해주곤 했다. 이처럼 색연필은 우리들의 교육 문화에서 빠질 수 없는 단골 준비물 리스트 중에 하나였다.

색연필은 누구에게나 추천해주고 싶은 미술 재료이기도 하다.

크레파스는 어렸을 때 외에는 잘 쓰지 않고,

일단 붓이 필요한 물감들은 사용하기 번거로우며,

그 외에 콘테, 파스텔 등은 다루기가 어려워 대중적이지 않다.

색연필은 가볍고 만만하여 평상시에 들고 다니기 좋고,

연필과 유사한 형태로 그림을 그릴 때에도 부담이 없다.

연필은 지우개로 지울 수 있다는 점에서

가장 기초적이고 만만한 재료에 속하는데,

색연필은 연필과 비슷한 효과를 낼 수 있는 동시에

색깔을 입힐 수 있어 더욱 다채롭고 풍부한 표현이 가능해진다.

만약 사인펜으로 그림을 그린다면 틀릴까봐 긴장되고 불안해질 것이다.

그런데 색연필은 어느 정도 다시 수정할 수 있을 것 같은 융통성을 지녔다.

또한 어린 시절 학교에서 색연필과 더불어

가장 자주 사용하던 크레파스와 비교하자면

크레파스는 투박해서 디테일한 표현에 한계가 있는 반면,

색연필은 부드럽고 세밀한 표현이 가능하다.

대중적인 만큼 색연필로 그림을 그린다고 하면 왠지 가볍게 느껴지기도 한다. 한 지인은 처음에 내가 그림 그리는 일을 한다고 하니, 캔버스 위에 유화 물감으로 그림 그리는 모습을 상상했다고 한다. 실제 내가 조그만 종이에 검정 플러스 펜과 색연필로 끄적대는 것을 보고 깜짝 놀랐다나?

색연필이 나에게 좀 더 특별해진 것은 프리즈마(PRISMA) 색연필과 만나게 되면서부터다. 처음 대학에서 일러스트레이션 수업을 들으며 교수님이 추천해주신 것이 프리즈마 색연필이었다. 프리즈마는 색깔이 고운 것은 기본이고, 부드러운 텍스처에 무엇보다도 다른 브랜드 색연필에 비해 강함 색감을 자랑한다. 나는 프리즈마 색연필과 함께 그림 그리는 일에 대한 꿈을 키우게 되었다.

미국의 프리즈마 색연필과 함께 미술 전문가들 사이에서 주로 많이 사용되는 색연필 브랜드로 독일의 파버카스텔(FABER-CASTELL)이 있다. 빈센트 반 고흐도 즐겨 사용했다는 파버카스텔은 어린이, 초보자부터 전문가용까지 사용자에 따라 다양한 분류의 색연필을 보유하고 있으며 그 가격들도 천차만별이다. 일반인들도 많이 접하는 브랜드여서 대중에게 가장 익숙한 색연필이라고 할 수 있다. 반면 파버카스텔에 비해 제품군이 다양하지 않은 프리즈마는 미술을 전문으로 하는 이들이 주로 사용하는 색연필이다. 나는 기본적으로 프리즈마 색연필을 사용하고, 개별적으로 파버카스텔의 색연필 몇 자루를 구입해 혼용해 활용하곤 했다. 두 가지 색연필을 각각 썼을 때의 느낌은 확연히 다르다. 부드러운 프리즈마에 익숙한 나에게 파버카스텔은 조금 단단하고 건조한 느낌이 든다.

2년 전쯤 나에게 새로운 색연필 친구가 생겼다. 지인으로부터 카렌다쉬(CAREN d'ACHE)의 80가지 컬러의 색연필을 물려받은 것이다. 우와, 80가지라니! 창작 욕구가 마구 솟아오르는 듯했다. 내가 가진 것은 다양한 카렌다쉬 컬렉션 중 전문가 급에 속하는 파블로(PABLO) 시리즈로 패키지 틴 케이스 뒤를 살펴보면 '내수성의 굵은 심'이라고 설명되어 있다. 카렌다쉬는 스위스 명품 필기구 브랜드로 만년필과 색연필 분야에서 유명하다.

내가 지금 가진 색연필들은 모두들 멀리 해외에서 건너온 것이다. 이들이 나의 집으로, 나의 손까지 들어와 내 생각을 표현해주는 존재가 되었다는 것은 신기하고 놀라운 일이다. 어느새 그저 만만하게 책상 위에 놓여 있는 친구들이지만, 한편으로는 또 항상 든든하게 나의 표현력을 불태워주는 색연필들! 너희들과 함께 할 때 나는 가장 행복하단다.

*

색종이, 아날로그의 기억

내가 아주 어렸을 때 살던 세상은 지금과는 많이 달랐다. 스마트폰은 고사하고 컴퓨터도 대중화되지 않았으며, 정보를 얻는 디지털 미디어가 고작 텔레비전 정도였는데 아빠는 "텔레비전이 너 태어나기 전에는 흑백이었어. 상상이 가니? 지금은 컬러로 나오니 얼마나 좋아!"라고 말씀하시곤 했다. 텔레비전 시청 외에는 철저히 아날로그적인 삶을 살아야 했던 나와 그 시대의 우리들은 넘쳐나는 시간들을 채우기 위하여 주로 몸을 움직이는 일을 찾아다녔다. 우리는 주산학원과 피아노학원을 다녔고 방과 후에는 고무줄뛰기와 인형놀이를 했다. 많은 놀거리 중 하나였던 색종이 접기는 굉장히 고상한 놀이에 속하였는데 친구들 사이에서 학 1,000개를 접으면 "우와~" 하는 탄성을 들을 수 있었다. 천성적으로 단순 노동과는 궁합이 맞지 않는 나는 당연히 학 100개도 접지 못하는 저질 체력(?)의 소유자였다. 색종이로 꽃도 만들고, 동물도 만들고, 동서남북 놀이도 할 수 있었지만 그것보다 내가 더 관심을 가졌던 건 색종이 그 자체였다. 고운 색깔로 물들어져 있는 색종이는 10개 묶음에 단면 컬러 50원, 양면 컬러 100원 정도에 살 수 있었다. 당연히 양면 컬러 색종이로 접었을 때 더 화려하고 멋진 오브제가 탄생하곤 했다.

색종이 하면 떠오르는 장소가 있다. 내가 초등학교 1, 2학년 때 매일매일 들렀던 문방구가 그곳이다. 우리 가족이 살던 아파트 상가에 있던 문방구로 규모는 5평 남짓, 좀처럼 말이 없는 할아버지가 운영하시던 곳이다. 학교 앞에도 대여섯 군데 문방구가 있었지만 급한 준비물을 살 때를 제외하고는 주로 그 문방구를 이용했다. 그 당시 내가 엄마한테 받은 용돈은 하루에 100원 정도였다. 그때 새우깡 작은 사이즈의 가격이 50원이었으니 그렇게 놀랄 일은 아니다. 용돈이 생길 때마다 나는 문방구로 뛰어갔다. 100원으로 살 수 있는 것이 많지는 않았다. 주로 지우개나 색종이, 가끔 돈이 좀 더 모이면 메모장 정도였다. 그 중에서 나에게 가장 특별했던 아이템은 예쁜 패턴으로 제작된 색종이였는데, 학교 앞 문방구에서 파는 단순한 컬러 색종이와는 차원이 다른 디자인이었다. 지금 그 문양이 정확히 기억나진 않지만, 아마도 꽃과 귀여운 캐릭터들이 그려져 있었던 것 같다.

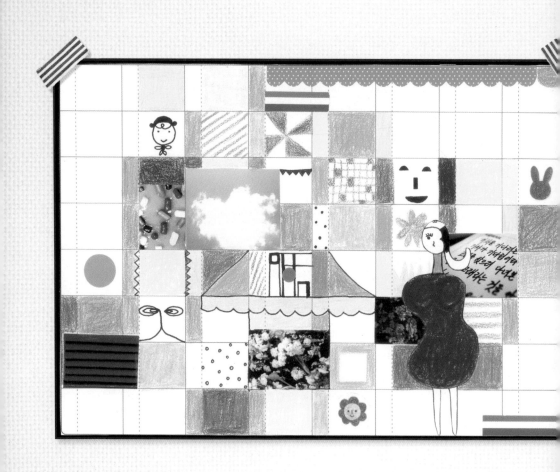

얼마 전 한 연예기획자가

TV 토크쇼에 나와 자신이 디지털과 아날로그를

다 경험할 수 있는 시대에 태어난 것이 행운이라 말하는 것을 들었다.

나와는 10년 정도의 나이 차이가 있었지만

그 말에 공감하며 고개를 끄덕이는 나를 발견했다.

그 색종이를 사는 것이 그 시절 나의 거의 유일한 취미였다. 색종이를 사서 무언가를 만들고 활용하지는 않았다. 그냥 예쁜 색종이를 사면 기분이 좋아지고 마음이 부자가 되는 느낌이 들었다. 어느 날은 문방구에 세 번이나 찾아가서 30분씩 구경하고 색종이를 사왔는데, 소심하고 얌전한 성격이었던 나는 문방구 할아버지가 '저 꼬마는 대체 몇 번째 오는 거야?'라고 생각하실 것 같아 마음에 걸렸다. 그래서 나는 갈 때마다 옷을 갈아입고 머리를 다르게 묶었다. 그리고 자연스럽고 유유히 문방구를 구경하고 나왔다. 지금 생각해보면, 아니 그때 생각해도 충분히 코믹한 상황이어서 스스로도 많이 웃었던 기억이 난다.

한 살 한 살 먹어가며 나는 군것질을 좋아하게 되었고, 문방구보다는 슈퍼마켓을 즐겨 찾게 되었다. 초등학교 5학년이 되면서는 컴퓨터학원을 다니며 디지털 문명과 가까워지기 시작했다. 그 후 고등학교 때 PC 통신과 삐삐의 시대를 거쳐, 스무 살 대학에 들어갈 무렵에는 바형 휴대전화를 사고 아이디를 만들어 첫 번째 이메일 계정을 만들 만큼 디지털형 인간이 되었다. 대학에서 그래픽 디자인을 전공하게 된 나는 컴퓨터 그리고 종이와 계속 밀접한 관계를 유지해야 했다. 디지털 시대에 눈부신 발전을 이루게 된 그래픽 디자인 분야의 작업은 대부분 컴퓨터에서 이루어지지만, 어떤 종이에 인쇄하느냐에 따라 그 퀄리티는 천차만별로 달라진다. 같은 디지털 파일이라 할지라도 고급스러우면서도 각각의 디자인을 잘 살려줄 수 있는 종이에 인쇄하였을 때 최선의 결과물을 얻게 된다. 그래픽 디자인의 정수는 디지털과 아날로그의 적절한 조합이라 할 수 있다.

우리 인생도 이와 비슷하다. 디지털 시대에 살고 있지만 아날로그를 이해하지 못하면 인생의 퀄리티가 달라질 수 있다. 어렸을 때 색종이를 좋아했던 만큼 나는 지금도 종이를 좋아한다. 컴퓨터 그래픽 툴을 배우는 것보다 새로운 종이를 만져보고 찾아다니는 것이 더 설렌다. 마치 숨 쉬는 물체를 마주하는 느낌이다. 이런 감성은 분명 나의 아날로그적인 어린 시절에서 비롯되었으리라. 어렸을 때 문방구로 향하던 내 발걸음 소리, 문방구의 냄새, 색종이를 샀을 때의 기쁨 등은 내 안에 추억으로 고스란히 남아 있다. 오늘도 나는 아날로그 시대의 아름다운 기억들을 고이 접어 날릴 준비를 해본다.

*

안경잡이 여자의 비애

나는 안경 쓰는 것을 싫어한다. 나의 시력은 내가 착용하는 콘택트렌즈를 기준으로 오른쪽이 마이너스 5, 왼쪽이 마이너스 4.25이다. 이 정도 시력이면 보통 눈이 나쁘다고 하는 사람들 중 평균 정도라고 한다. 나는 콘택트렌즈를 14년째 착용 중이다. 안경은 그보다 4년을 더 꼈다. 안경은 무려 18년을 함께한 친구인 셈이다. 내가 처음부터 안경을 싫어했던 것은 아니다. 오히려 그 반대였다. 안경을 낀 친구들을 보면 그렇게 멋있어 보일 수가 없었다. 안경을 끼지 않은 이들보다 뭔가 더 학구적이고 똑똑해 보였다. 게다가 안경을 휴대하는 안경집까지도 그렇게 탐이 났다.

지난날을 후회하며 사는 것은 비겁하다고 생각하지만, 난 그 당시 내가 했던 행동들이 진심으로 후회된다. 나는 엎드려 책을 읽는 버릇이 있었는데 이것이 눈 건강에는 좋지 않다는 이야기를 들었다. 그도 그럴 것이 엎드려 책을 읽다 보면 어깨와 목이 짓눌려 자꾸만 자세를 바꾸며 뒹굴거리게 되는데, 이 상태에서 활자를 읽으면 눈이 아프고, 또 계속해서 각도와 시야가 바뀌니 적절한 조명을 확보하기 힘들다. 책을 읽다 눈이 피로하고 아프면 조금 쉬거나 자세를 바르게 고쳤어야 하는데 머릿속에 안경이 떠오르는 것 아닌가. 아무 것도 걸쳐지지 않은 밋밋한 얼굴이 아쉬웠던 나는 눈이 나빠져서 안경을 소유하게 될 날을 기대하기 시작하였다. 그리고는 그렇게 계속해서 스스로 눈에 좋지 않은 환경을 선택하였다.

얼마 안 있어 난 눈이 침침해졌다. 엄마와 안경을 맞추러 간 날, 나는 너무 기뻤다. 그 당시 유행하던 은테 안경을 쓰고 학교를 갔더니 친구들이 부러워하며(?) 잘 어울린다고 해주었다. 그때부터라도 눈 관리를 잘했어야 했는데, 나는 무심하였다. 사실 내가 다니던 학교라는 곳도 눈 건강에 유익한 면이 없었다. 조명도 침침한 편이었고, 하루 종일 칠판에, 책을 들여다봐야 하는 환경 탓에 눈은 점점 지쳐갔다. 주변에 안경을 쓰는 친구들도 늘어갔다. 실제로 나의 또래 친구들을 보면 시력이 좋은 경우가 거의 없다. 안 좋은 환경에서 입시 지옥을 경험한지라 눈이 나빠질 수밖에 없었던 불쌍한 세대라고 나는 믿는다.

우리 몸은 문제가 생기면 계속해서 그 정도가 심해진다.

나의 시력 또한 그러하였다.

처음 안경을 꼈을 때만 해도

보안경의 수준으로 가볍게 착용할 수 있었다.

안경을 쓰지 않아도 일상생활에 불편함이 없었다.

시력이 점점 나빠지자 나는 멀리서 인사하는 친구들을

알아보기 힘들어지면서 오해를 살 일이 늘어났다.

고등학교 3학년 때부터는 계속해서 안경을 쓰고 살아야 했다.

아침에 일어나서 안경을 쓰고 자기 전에 벗는 생활이 시작되었다.

안경이 내 몸의 일부가 된 것이다.

그러나 안경은 어디까지나 인공적인 것이라 내 몸에 불편하였다.

코에 눌리는 느낌이 거북하였고, 쓰고 나면

코에 항상 남는 자국도 마음에 들지 않았다.

"엄마, 나는 안경을 쓰면 왜 이렇게 코가 아플까?" 물었더니

엄마는 "네 코가 좀 낮은가 보다"라고 하셨다.

나를 낳으신 이가 그렇게 말씀하시니 진짜 그런가 보다.

아무튼 나는 태생적으로 안경이 편한 사람은 아닌 것이다.

내가 안경을 싫어하는 가장 큰 이유는 착용했을 때 내 얼굴이 예뻐 보이지 않기 때문이다. 주로 할머니 같아 보인다는 평을 듣는다. 불편한 문제는 그다음이다. 시력은 처음 안경 썼을 때부터 차차 나빠져서 이제 안경 없이 30cm 떨어진 것도 보기가 힘들다. 그 사이 렌즈의 두께는 점점 두꺼워졌고 압축렌즈를 사용해도 눈이 작아 보인다. 정말 비싼 압축렌즈를 쓰면 변형이 거의 없다고 하는데 나는 집에서만 주로 안경을 쓰는지라 망설여진다.

대학생이 되어 콘택트렌즈라는 것을 착용하기 시작했다. 안경에서 해방되는 기쁨을 누렸지만, 매일 아침저녁으로 세척하는 것이 번거로웠다. 그리고 눈도 자꾸만 건조해졌다. 그래도 쓰고 있는 동안은 편하니 쭉 콘택트렌즈를 고수해왔다. 그러나 이것도 내 몸의 일부는 아닌지라 계속 편할 수는 없나 보다. 몇 년 전부터 렌즈를 껴도 약간의 이물감이 느껴져서 불편하다. 콘택트렌즈를 사용할수록 눈의 각막이 얇아질 수 있어 영원히 쓸 수는 없다고 한다. 언젠가 이것과도 작별해야 하는 날이 올 것이다.

남은 것은 안경을 계속 쓰는 것과 수술을 받는 것인데 수술은 괜히 무서워서 지금껏 용기를 못 내고 있다. 서글픈 이야기지만 혹시나 하는 생각에 결혼은 하고, 아이는 낳고 이런 식으로 수술을 계속 미루어왔다. 아이를 낳고 나니 주변에서 들은 얘기로 가족계획을 마칠 때까지는 시력교정수술을 추천하지 않는다고 한다. 출산 과정을 거치면서 시력이 변화할 수 있기 때문이라고 하니 아무래도 당분간 수술은 힘들겠다. 아니면 초 고굴절 비구면 렌즈를 삽입한 안경을 구입해야 하나? 이 모든 고민이 어린 날 나의 어리석은 생각 탓인 듯하여 아쉽다. 창조주가 허락한 나의 눈, 부모님이 낳아준 나의 건강한 눈을 소중히 여겼어야 했는데 다 내 불찰이다.

*

엄마표 핸드메이드 퀼트 가방

나는 가방 부자다. 보통 가방이 많다고 하면 명품 가방을 진열해놓고 사는 사람들을 생각하기 쉽다. 명품 가방으로 재테크를 하는 사람도 있다고 하니 어쩌면 가방이 많다는 것이 부의 상징으로 여겨질 수도 있다. 그렇지만 나는 소위 명품 가방, 거의 가지고 있지 않다. 딱 하나 결혼할 때 아가씨에게 선물 받은 핸드백이 전부이다. 결혼할 당시 아가씨가 선호하는 스타일을 묻기에 L 또는 G로 시작하는 흔한 명품은 싫다며 조금 덜 흔한 M자로 시작하는 명품으로 친히 부탁했었다. 지금 생각하면 무슨 배짱으로 시월드에 까다로운 새언니인 척 신고식을 했는지 조금 미안하기도 하다.

나의 많은 가방 중 대부분은 우리 엄마의 솜씨로 탄생한 것들이다. 엄마는 퀼트로 가방은 물론 인형, 헝겊 책, 지갑 등 액세서리까지 뚝딱뚝딱 잘 만드신다. 처음에는 주로 선물용으로 만드셨지만 언제부터인가는 판매도 하신다. 나는 딸의 자격으로 자주 엄마의 작품을 첫 타자로 접하게 되는데, 이때 내 수하로 들어온 가방들이 제법 된다. 이세이 미야케의 가방을 연상시키는 입체적인 패턴의 빨간색 가방, 오리엔탈 문양이 매력적인 프레임이 있는 미니 가방, 파리의 지하철 지도가 그려진 천으로 제작된 수납이 다양한 손가방, 명품 가방을 연상시키는 클래식한 스타일의 가방, 동화 속 소녀가 멜 것 같은 파란 꽃무늬의 크로스로 메는 가방 모두 엄마표의 사랑스런 가방들이다.

퀼트 가방은 무난한 스타일링이 어려워 부담스럽다는 사람들이 있다. 나는 이런 이들에게 미니 가방을 추천한다. 한동안 나는 크로스로 메는 퀼트 미니 가방에 빠져 있었다. 퀼트 디자인은 여러 가지 색의 원단이 조합되기에 무난하기 어렵다. 무난하기는커녕 알록달록 화려한 편이어서 사이즈가 커질수록 언제 어디서나 들고 다니기는 힘들어진다. 하지만 미니 가방은 그런 부담이 없다. 어느 차림, 장소에서도 작지만 특별하게 포인트가 된다. 이러한 장점 때문에 나는 한동안 엄마표 퀼트 미니 가방을 주구장창 들고 다녔었다. 가방 예쁘다는 칭찬도 많이 들었다. 아이가 생기고는 미니 사이즈 가방은 잠깐 안녕인지라 아쉬울 수밖에……

퀼트 가방은 수제품이라 가격이 비싸다.

천으로 만들어졌음에도 불구하고

가죽 가방 가격에 상응하는 수준이 된다.

퀼트 작업의 까다로운 공정을 알게 되면 이는 당연한 결과다.

퀼트는 기본적으로 남은 자투리 천을 모아 만드는

패치워크 기법을 사용한다.

자투리 천이 많이 모일수록

그리고 그 형태가 다양할수록 작업 과정은 어렵고 길어진다.

우리나라의 전통 규방 공예도 비슷한 기법이라고 할 수 있다.

규방 공예의 전통 조각보는 서양의 퀼트와 닮은 점이 많다.

The Joy of a
Beautiful Quilt

내가 런던에 있었을 때의 일이다. 영국에는 훌륭한 핸드메이드 제품도 많지만, 가끔은 아주 허접한 상품들도 핸드메이드란 이유로 터무니없이 비싸게 팔리곤 하였다. 장인을 존경하고 수공예의 어려움을 높이 평가하는 문화이기에 책정될 수 있는 가격일 것이다. 또한 벼룩시장 문화가 확산되어 있어 누구나 자신이 만든 것을 시장에 가지고 나와 팔 수 있었다. 나 역시 런던에서 몇 번 수공예품 벼룩시장에 판매자로 참여하였다. 나의 일러스트를 담은 에코백, 카드 등의 문구류를 주로 판매하였고, 동시에 엄마표 퀼트 가방과 파우치 몇 개를 팔려고 내놓았는데 이것이 그야말로 대박이 났다. 핸드메이드를 좋아하는 서양 문화 탓일까, 동양 문화에 대한 호기심 때문일까, 엄마표 퀼트 제품들은 인기가 대단했다.

그러던 중 만났던 줄리엣은 특별한 나의, 아니 엄마의 고객이었다. 나는 런던 해크니(Hackney) 지역의 스타우어스페이스 마켓(Stour Space Market)에서 줄리엣을 처음 만났다. 그녀는 엄마표 퀼트 제품을 너무나 맘에 들어 하며 내가 가지고 있던 제품의 대부분을 그 자리에서 구매하였다. 그 후로도 줄리엣은 나에게 개인적으로 연락하며 몇 번 더 퀼트 제품을 구입하기를 원하였다. 나는 엄마와 줄리엣 사이의 다리 역할을 하며 줄리엣과 만남을 가졌다. 나중에는 대량으로 구매할 수 있느냐고 문의하기도 했는데, 당시에 내가 한국에 올 준비를 하느라 이는 성사되지 못하였다. 하지만 잠시 엄마표 퀼트 제품으로 국제 사업을 시작해야 하는 거 아닌가라는 고민을 하기도 했다.

엄마는 요즘 퀼트보다는 규방 공예에 열심이시다. 규방 공예는 언뜻 퀼트와 비슷해 보이지만 바느질하는 방법과 재료, 컬러감 등에서 차이가 난다. 둘 다 오랜 시간의 정성스런 손바느질을 요구한다는 점에서 비슷하지만 퀼트는 좀 더 실용적인 상품으로, 규방 공예는 고급스러운 장식품으로 이용된다. 그래서일까? 엄마 말씀에 의하면 퀼트 작업보다 규방 공예 작업이 대체적으로 더 오래 걸린다고 한다. 한 땀 한 땀 열심히 바느질하는 그리고 색깔 조합 하나하나를 고민하는 엄마의 모습은 퀼트 작업을 할 때보다 더욱 진지해 보인다. 규방 공예는 주로 모시천과 명주실을 사용하므로 내가 사용할 수 있는 실용적인 가방 디자인이 나오기 힘들다. 아무래도 당분간 새로운 퀼트 가방을 손에 넣기는 힘들 것 같다.

*

여자의 일생

가랑잎이 굴러만 가도 까르르 웃음이 나던 시절, 나는 명작 소설 읽기에 빠져 있었다. 그 시작은 에밀리 브론테의 『폭풍의 언덕』이었다. 어린 나이에 이해하기 힘든 내용이 많았지만 감수성이 한창 예민하던 때라 슬픈 사랑의 격정을 슬며시 간접 체험할 수 있었다. 번역한 출판사가 어딘지는 기억나지 않지만, 꽤 규모가 있었던 곳으로 기억하는 까닭은 표지 뒤편에 '세계 명작 시리즈'라는 이름으로 추천하는 책 목록만 해도 100권이 넘었기 때문이다. 나는 친구들과 경쟁적으로 리스트를 지워나가기 시작했다. 그때 읽었던 소설들에는 펄벅의 『대지』, 도스토옙스키의 『죄와 벌』, 괴테의 『젊은 베르테르의 슬픔』 등이 있다. 학기 중 많은 과제를 안고 살면서도 친구와 붙은 경쟁 구도 덕분에 나는 다양한 소설들을 접할 수 있었다. 아쉬운 것은 내용보다는 그냥 읽는 행위와 다 읽었다는 결과에 집착하는 풋내기 리더(reader)였다는 점!

어느 날 친구 중 하나가 다 읽었다고 자랑하던 책이 모파상의 『여자의 일생』이었다. "너도 읽을래?"라고 물어보는 친구에게 "지금 읽는 책 다 읽고. 그때 빌려줘"라고 대답했던 기억이 난다. 그런데 어찌하다 보니 내가 그 당시 읽고 있던 책을 끝내는 데 시간이 오래 걸렸고, 다른 나의 지인으로부터 흥미로운 이야기를 듣게 되었다. 자기주장이 확실한 편이었던 그 친구는 "『여자의 일생』 읽지 마. 여자의 일생이 왜 그렇게 불행해야 돼? 읽는 내내 짜증 만땅이었어. 그런 책 읽으면 괜히 편견이 생길 것 같아. 작가는 남자인데 여자에 대해 얼마나 안다고 주인공을 그리도 불행하게 만들어버리냐?"라며 격분하였다. 나는 그 말이 일리가 있다고 생각하여 내 마음 속 명작 리스트에서 『여자의 일생』을 지워버렸다.

한참 시간이 흐르고 어느 날, 소설이 아닌 진짜 여자의 일생에 대한 궁금증이 생겼다. 나이 삼십을 넘어 결혼을 하고 아이를 낳은, 여자의 인생에서 빠지기 힘든 과업을 달성하다 보니 그런 것일까. 궁극적인 질문은 "나는 앞으로 어떻게 살아가게 될까?"였지만 한편으로 내가 언젠가부터 외면하였던 모파상의 소설, 『여자의 일생』이 떠오르는 것 아닌가. 그래 분명 제목의 여파일 것이다.

왠지 이 소설을 읽으면 여자의 일생에 대해

어느 정도 객관적인 관찰을 할 수 있을 것 같은 기대감이 생겼다.

빠르게 대여하여 읽은 그 문제의 소설은

내가 오랜 시간 오해해왔던 바와는 조금 다른 작품이었다.

내용은 뒤로 하고 번역본이라

한국 문학을 읽을 때만큼의 감칠맛을 느끼긴 힘들었지만,

화려하고 세밀한 묘사가 참으로

아름답게 표현된 명작이라는 생각이 들었다.

그런데 왜 제목을 『여자의 일생』이라고 하였을까? 원작은 프랑스어로 『Une Vie』 '한 일생'이라고 한다. 우리나라에 번역본이 처음 들어오며 '여자의 일생'이라는 한글판 제목이 지어진 듯하다. 제목 한 번 막장스럽다. 누군가는 『여자의 일생』을 프랑스 전원을 배경으로 한 막장 드라마라고 표현하기도 하였다. 내가 다시 표현하자면 평화로운 프랑스 마을에서 일어나는 온갖 불륜과 스캔들이랄까.

제목만으로 보면 '한 일생'보다 '여자의 일생'이 좀 더 구미가 당긴다. 이는 이 작품의 문학적 가치보다는 드라마틱한 내용에 초점을 둔 제목 결정이 아닌가 싶다. 글쎄, 어쩌면 처음 한국으로 이 소설이 들어올 때 명작 타이틀이 아닌 프랑스판 막장 베스트셀러였던 것일까.

나는 책을 읽으며 이 책의 제목이 내용과 어울리지 않는다는 생각이 들었다. 이 이야기가 보편적인 여성의 인생이라 동의하기 힘들었다. 물론 이 소설은 전통적인 여자의 삶을 스토리라인으로 가지고 있다. 그것은 순수한 여자가 좋은 남자를 만나 결혼을 했는데, 알고 보니 남자는 이상한 점이 많은 사람이고, 어쩌다 보니 아들이 생겨 온갖 정성으로 키웠더니 커서는 자기 여자만 챙기더라는 이야기이다. 주변이나 드라마에서 쉽게 들어봄직한 전개이다. 그럼에도 불구하고 이 소설의 주인공 잔느가 보편적인 여성의 일생을 대변하기 힘든 이유는 다음과 같다. 먼저 잔느는 부유한 귀족 집안의 여자이다. 말년에 아들이 사고 치고 다니느라 재산을 많이 잃긴 하지만, 그저 대저택에서 작은 집으로 이사를 가는 정도이다. 저택까지는 바라지도 않고, 아담한 전원주택에서 사는 게 꿈인 나인지라 잔느의 배경은 전혀 불행하게 느껴지지 않았다. 보통 막장 드라마 주인공들의 배경은 부잣집인 경우가 많은데, 그래야 대중들의 흥미를 끄는 것일까. 모자란 것 없이 부유해 보였는데, 알고 보니 속이 썩어가는 모습을 보며 서민들은 통쾌해질 수 있을 테니.

만약에 제목이 『여자들의 일생』이라고 바뀐다면 좀 더 그럴싸할 것 같다. 소설에는 잔느 외에도 여러 명의 여자들이 나오는데 나의 흥미를 끈 것은 두 명, 잔느의 몸종 베티와 리종 이모이다. 베티는 귀족인 잔느의 하녀로 그야말로 신분상 최하층에 속하는 사람이다. 어느 날 어렸을 때부터 모시던 주인 남편의 요구(?)로 임신을 하게 된다. 그 후 주인집 남자의 아이를 잉태했다는 이유로 농장을 선물(?)받고 쫓겨나지만, 그 농장을 노리는 꽤나 성실한 남자와 결혼을 하여 재산을 불려나간다. 이후 주인공 잔느의 집안이 몰락해가자 그의 재산을 지키도록 도와주는 인물이다. 참, 베티의 삶도 드라마틱하다. 또 다른 인물인 리종 이모는 소설에 나오는 사람 중에 가장 독특한 캐릭터에 속한다. 항상 우리 옆에 있지만 다들 그다지 신경 쓰지 않는 유령 같은 인물로 묘사된다. 다들 좋아하지는 않지만 가족이기에 그냥 함께하는 리종 이모는 태어날 때부터 그렇게 살다가 결혼도 안 하고 아이도 없이 그렇게 죽는다. 분명 이런 여성도 이 세상에는 많을 텐데. 만약 소설의 주인공이 리종 이모였다면? 그랬다면 참으로 지루한 소설이 되었을 것이다.

누구나 좋아하는 이야기가 있다. 누구나 궁금해하는 이야기도 있다. 『여자의 일생』은 후자에 속할 것이다. 독자들이 궁금해서 계속 읽을 수밖에 없게 만드는. 이 소설은 사실 내가 좋아하는 류는 아니다. 내가 어렸을 때부터 정말 좋아했던 소설은 빅토르 위고의 『레미제라블』, 사춘기 시절에는 애거서 크리스티의 『그리고 아무도 없었다』이다. 어른이 되어서는 파트리크 쥐스킨트의 소설들이 마음을 끈다. 아무래도 연애와 관련된 소설에는 마음이 가지 않는 편인가 보다.

*

원피스 플러스

한때는 빈티지 스타일의 원피스를 즐겨 입었다. 주로 꽃무 늬 패턴으로 되었거나 색감이 예쁜 원피스를 좋아했는데, 잘 소화해서 입으면 멋쟁이 소리를 들을 수 있었다. 부작용으로는 잘못 소화했을 때 할머니 옷을 빌 려 입은 느낌이 들거나 촌스러운 분위기를 풍길 수 있다는 점이다. 어려 보이는 메이크업과 베이직한 디자인의 가방은 빈티지 원피스와 잘 어울린다. 머리부터 발끝까지 빈티지는 좀 곤란하다. 빈티지 원피스를 입고 싶다면 그 외의 아이템 은 깔끔하게 연출하는 것이 좋다. 물론 헤어와 얼굴까지 포함하여, 도합 빈티지 하면서도 세련된 룩이 완성될 수 있다.

나는 옷에 관심이 많다.

그렇다 보니 인터넷을 해도,

윈도우 쇼핑을 해도,

길거리를 걸어도 내 눈에 포착되는 것은 주로 옷,

그 중에서도 원피스이다.

원피스를 맵시 있게 차려 입은 사람을 보면 눈이 간다.

그리고 그 사람의 표정, 헤어스타일, 가방, 신발을

찬찬히 살펴보게 되고

그 사람의 목소리는 어떨까 궁금해진다.

사실 원피스만큼 스타일링하기 쉬운 옷도 없다.

말 그래도 One piece 이니깐. 하나만 입으면 끝이다.

영화 〈불량공주 모모코〉를 보면 드레스를 정말 동경하는 소녀가 나온다. 예쁜 드레스를 만들고, 그 드레스가 잘 어울리는 몸을 만드는, 그야말로 드레스에 살고 드레스에 죽는 캐릭터이다. 왠지 화성인을 만나는 예능 프로그램에 나와야 할 것 같은 주인공을 보며 처음에는 좀 지나치다고 여겼지만, 영화 말미로 갈수록 참 대단한 소녀라는 생각이 들었다. 자신이 사랑하는 그것을 위하여 다른 사람들의 시선은 아랑곳하지 않고 마이 웨이를 가는 그녀, 참 멋지지 않은가! 그렇게 그녀는 엉뚱하게 그리고 당당하게 자신의 꿈을 이루어간다. 그저 철없다 생각했던 소녀가 한편 부러워지는 순간이다. 모모코를 보며 사람들의 시선은 상관없이 자신의 길을 꾸준히 가던 바보 캐릭터, 포레스트 검프가 떠오르기도 했다. 잠시 철학적 질문에도 빠져본다. 나에게 있어 모모코의 원피스는 무엇일까? 포레스트 검프의 그녀는 어떤 의미일까?

모모코만큼은 아니지만 나도 원피스를 사랑한다. 예쁜 원피스를 보면 기분이 좋다. 나는 자급자족하는 삶에 대한 로망이 있는데 특히나 옷을 직접 만들어 입는 것에 관심이 있다. 허나 재주는 없는 듯하다. 디자인 전공에 패션 디자인 회사도 다녀봤지만 재봉틀 울렁증이 있다. 자고로 바느질을 하는 데에는 꾸준하고 침착한 마음가짐이 필요한데, 성격 급한 내가 하기는 너무 고귀해 보인다고 할까? 거기다 나는 기계치라 재봉틀 돌아가는 소리가 무섭기도 하다. 뭐, 이것도 변명이겠지만……. 그래도 언젠가는 제법 익숙한 재봉틀 솜씨를 발휘하여, 예쁜 한정

판 원단을 직접 골라 원피스를 만들어보고 싶다. 내게 잘 어울리는 패턴과 길이, 컬러감까지 고려한 나만의 잇(It) 아이템으로서 그리고 직접 딸아이의 옷도 만들어줄 수 있다면 참 좋겠다.

결혼을 하고 아이까지 생기니 옷을 고를 때도 많은 것을 고려하게 된다. 싱글일 때는 나 하나만 생각하여 내가 입을 옷과 가방, 신발 등을 매치하면 그만이었다. 그러나 지금은 남편, 아이와의 조화까지 고려해야 하니 난제이다. 어려울 때는 무엇보다도 기본으로 가야 한다. 나는 어느새 깔끔하고 베이직한 룩을 선호하게 되었다. 원피스도 깨끗하게 딱 떨어지는 스타일이 좋다. 클래식한 블랙 미니 드레스나 아무런 무늬 없는 저지 원단의 드레스 같은 것에 마음이 끌린다. 베이직이 좋은 것은 더 추가할 여지가 많다는 데에 있다. 이를테면 두꺼운 팔찌나 목걸이, 가죽으로 된 큰 가방 등으로 포인트를 주면 깔끔한 의상과 찰떡궁합을 이룬다. 더 나아가 꽃무늬 패턴의 머리띠를 하면 그야말로 화려한 꽃의 여인으로, 오렌지빛 컬러의 옥스퍼드화를 신으면 상큼한 오렌지 걸로 변신이 가능하다. 코디가 어려운 사람들은 이 베이직 플러스 법칙이 유용하다. 기본 의상에 포인트 하나만으로 콘셉트를 달리 할 수 있다.

나의 요즘 플러스 패션은 다름 아닌 내 아이다. 날씨 좋은 날, 단아하게 원피스를 차려 입고, 내 딸을 어여쁘게 꾸며 아기띠로 안으면 그 어떤 비싼 명품도 부럽지 않다. 지금은 나에게서 떨어지지 않는 껌 딱지 노릇을 하고 있지만 조금 있으면 걸음마를 시작하고, 그 걸음들이 익숙해지면 엄마와 함께 커플 원피스를 입을 날이 오겠지. 그리고 오늘처럼 엄마에게 꼭 붙어서 함께 패션을 완성했던 이 날들이 무척이나 그리울 것이다. 또 언젠가 내 딸이 "엄마, 이런 원피스도 입어 보아요!" 하는 날이 오겠지. 딸은 나중에 커서 엄마가 될 수 있으니까, 참 좋다!

*
웨지힐을
사랑하게 된 역사

패션 아이템, 그 중에 갑이 있다면 신발이라 할 수 있겠다. 여자 신발의 종류만 해도 샌들, 부츠, 뮬, 슬링백, 플랫슈즈 등 많고도 많다지만 그 중에서도 요즘 거리에서 내 눈에 밟히는 디자인의 신발은 웨지힐이다. 웨지힐은 밑창과 굽이 연결된 형태인 여자 구두로 1940년대 후반에 이미 크게 유행한 적이 있었고, 근래 몇 년 사이 다시 패션의 중심으로 떠올랐다. 최근에는 웨지, 즉 굽의 스타일과 소재가 다양해져 원목, 짚, 코르크 등을 활용한 자연 소재도 볼 수 있고, 화려한 컬러나 무늬를 넣는 등 그 디자인이 점점 다채로워지고 있다.

패션 트렌드는 흐르고 흐른다.

하의 실종에서 시작된 간소화 패션은 상의 실종까지 유행시키나 싶더니

시스루(See through)라 하여 속을 훤히 내비치기도 한다.

이것도 유행일 때 많이 입어줘야 한다.

유행을 벗어난 패션을 착용할 경우 사람들의 시선은 두 가지다.

첫 번째는 '촌스럽다' 그리고 두 번째는 '자기 멋대로구나.'

물론 소수의 진정한 패션 예찬론자들은

남의 시선을 신경 쓰지 않고 자기 멋대로 입어도 진짜 멋이 난다.

하지만 패션이라는 게 어디 소수를 위한 것인가?

대중이 사랑해야 대체로 먹고 살 수 있는 곳이 패션업계이다.

웨지힐을 처음 봤을 때는 그저 어렸을 때 신었던 통굽 신발과 비슷해 보였다. 엄마가 사준 검은색 통굽 신발은 키를 커 보이게 만드는 요술 신발이었다. 교복 외에는 바지만 주구장창 입고 다니던 수줍음 많은 10대 시절, 바지 밑의 검정 통굽 신발은 키도 커 보이고 날씬해 보이며 뭔가 멋진 어른이 되는 기분을 선사해 주었다. 몇 년 전 새로이 유행을 맞아 출시된 웨지힐을 보았을 때의 느낌은 '아, 통굽 신발이 조금 더 슬림해졌나?' 정도였다. 하지만 실제로 웨지힐과 통굽은 조금은 다른 의미이다. 통굽 신발은 앞쪽까지 플랫폼 형태의 굽이 있어 전체적으로 높이가 올라가는 효과가 있다. 반면 웨지힐은 일반 힐과 비슷하게 발꿈치로 갈수록 굽이 높아지는 형태이다. 최근에는 복고 열풍과 더불어 통굽 신발까지 유행하여 통굽과 웨지힐이 결합된 형태의 디자인도 많이 볼 수 있다.

스물 몇 살쯤, 명동의 일본풍 옷과 구두를 파는 가게에서 진정 특이한 디자인의 웨지힐을 발견했다. 그때 당시만 해도 보기 힘들던 디자인이었는데 전체적으로 메탈 컬러의 메쉬 소재로 몸체가 짜여 있었고, 기하학적 패턴이 들어간 웨지굽을 간직한, 마치 예술품처럼 보이는 구두였다. 이 물건을 특별 세일하여 1만 원에 판매하는 것을 보고 두 번 고민 않고 사버렸다. 하지만 이 구두는 너무너무 특별하여(?) 내가 가진 옷들과는 어울리지 않았다. 클럽이나 파티에 갈 때나 소화할 수 있는 아이템이었던 것이다. 결국 딱 한 번 신고 신발장에 처박혀버린 나의 웨지힐…… 아직도 그 자리에 있다. 지금 꺼내어 보아도 특이한 디자인이다.

아……, 아무래도 못 신겠다.

　여자들이 힐에 집착하는 이유는 무엇일까? 일단 힐 자체의 심미적 아름다움 때문이다. 그리고 무엇보다도 소중한 이유인 여자의 우아한 몸매 완성을 빼놓을 수 없다. 힐을 신었을 때 키도 커 보이고, 몸매가 날씬해 보이는 것은 누구나 다 아는 꼼수이다. 아름다워 보이고 싶어 하는 인간의 욕망과 함께 힐의 디자인 세계는 계속 넓어져 갈 수밖에 없을 것이다. 힐의 열풍은 늘 있어 왔지만 최근에는 그 높이가 점점 올라가 7, 8cm 정도는 우습게 볼 높이이다. 평소 걷기를 좋아하는 나에게는 7cm 굽을 신는 것도 부담스러운 일인데 TV 속 연예인들은 10cm가 넘는 킬힐을 신고 아름다운 몸매를 뽐내주니 좌절감마저 든다. 킬힐을 신음으로, 아름다운 몸매를 얻는 대신 신체의 고통을 감수해야 하는 아이러니를 많은 여자들은 감당하고 있건만, 그래도 나에게 킬힐은 정말 KILL일 뿐이다.

　그런 때에 나타난 구세주 같은 웨지힐은 얼마나 감사한 존재인지……. 웨지힐은 편하다. 신었을 때 예쁜데다 편하기까지 하다니! 웨지힐은 웨지가 발바닥 전체를 안정적으로 지지해주기 때문에 구두의 높이는 유지하되, 힐이 가져오는 고통은 최소화할 수 있는 기특한 물건이다. 몇 년 전만 해도 웨지힐의 디자인이 충분히 과감하지 못했다. 뭔가 좀 투박해 보이는 것이 과연 신었을 때 날씬해 보일까 긴가민가하게 만들었다. 하지만 최근 웨지힐은 변신에 변신을 거듭하여 사랑

177

스러운 소녀로, 섹시한 여인으로, 샤랄라~ 새로 태어나고 있다. 다양한 컬러와 디테일로 변화를 주며, 특히 웨지 부분을 디자인 포인트로 여러 패턴이나 분위기를 담을 수 있기에, 웨지힐이 표현할 수 있는 아름다움은 앞으로도 무궁무진할 기세다. 프라다, 지방시 등 명품 브랜드는 물론, 편한 신발 브랜드의 대명사인 탐스나 크록스에서도 웨지힐 디자인을 판매하는 요즘이다. 그렇다. 웨지힐은 패션업계의 양날개에서 탐을 내는 아이템인 것이다. 이 사랑스러운 신발이라면 나의 미적 감각과 몸의 평안을 모두 만족시켜줄 수 있을 것 같다.

*

엄마를 위한 거의 유일한
육아용품

시작은 이러했다. 낮에 마트에서 장을 보는데 처음 보는 디자인의 백팩이 눈에 들어왔다. 어랏, 저건 처음 보는 디자인인데! 가까이 가서 보니 A 아웃도어 브랜드 제품이다. 디자인이 심플하면서도 적당히 포인트가 있어 심심하지 않다. 거기다가 수납도 잘될 듯 보이는데다가 가볍고 오염에 강한 소재로 만들어졌다. 바로 내가 찾던 백팩이었다. 똥개 눈에 똥만 보인다 했거늘 요즘 내 눈엔 백팩만 보인다. 밤에 자기 전에 언제나처럼 스마트폰을 만지작거리다 보니 낮에 본 그것이 떠올랐다. 검색해보니 꽤 인기 있는 제품이다. 봄/여름 시즌 디자인은 품절이 됐나? 그래, 내 눈에 예쁜 건 남의 눈에도 안 예쁠 리 없다.

어젯밤 거의 지를 뻔했다.

원래 가격에서 15% 할인에다가

내가 주로 사용하는 신용카드로

결제하면 7% 추가 할인까지 된단다.

12시가 지나면 추가 할인이 사라진다.

그냥 질러버릴까?

지르고 다시 취소할 수도 있지 않나?

고민 고민하다 12시가 지났다.

역시나 조금 전까지 가능했던

7% 할인이 눈 녹듯 사라져버렸고

나는 정신을 차렸다.

LOVE
YOU

지금은 가을/겨울 시즌의 디자인이 새로 나와 팔리고 있었다. 이리저리 검색하다가 보니 조건이 좋은 쇼핑몰에서 거의 구매버튼을 누를 뻔한 것이다. 검색부터 여기까지 걸린 시간은 30분이 채 되지 않았다. 분명 마음에 드는데 망설여졌다. 그래도 좀 더 고민해야 되지 않을까. 신중함일까, 우유부단함일까. 결국 고민만 하다 끝났다.

백팩에 대한 관심이 시작된 것은 10개월 전부터이다. 용도는 다름 아닌 기저귀 가방. 그 당시 마음에 들던 디자인의 가방이 있었는데 잠깐 구매를 미루다 보니 어느새 국민 기저귀 가방이 되어버렸다. 아, 그건 싫다. 난 국민 시리즈를 안 좋아한다. 남들이 다 하는 것 나까지 하면 부끄럽다. 그래서 사지 않고 그냥 집에 있던 어깨에 메는 큰 가방을 활용했다. 하지만 아이를 키워본 사람은 알 것이다. 기저귀 가방은 뒤로 메야 편하다. 나에게는 휘황찬란한 컬러감을 자랑하는 브랜드의 백팩이 하나 있는데 요즘은 주로 그것을 이용하고 있다. 그러나 기저귀 가방이란 거의 매일 들어야 하는 아이템인데 알록달록 화려함을 자랑하니, 조화롭지 못한 패션을 무지 싫어하는 내 입장에서는 소화하기가 힘들다. 화려한 가방에는 무채색 옷이 진리라 여겨 어느새 맨날 우중충한 옷만 입게 된다. 이것도 지겹다. 내 옷장에는 화려한 컬러와 패턴의 옷들이 가득한데 이들과 그 가방의 조화는 그야말로 촌스러움, 꽝이다.

여자의 인생은 아이를 낳으며 크나큰 전환기를 맞게 된다. 처음 임신테스트기로 임신을 확인했을 때, 긴가민가 두렵기도 했지만 참 기뻤다. 그리고 아기를 낳을 때까지 사랑스러운 생명체를 만나기 위한 준비를 시작했다. 이제까지 나를 중심으로 무엇이든 구매하던 삶에서 벗어나 나의 아이를 위한 소비생활이 시작되는 순간이었다. 출산용품 준비를 하며 엄청난 육아용품 시장의 크기에 먼저 놀랐다. 육아 소비시장은 불황이 없다고 한다. 부모들이 자기 것은 아껴도 자식 것은 아끼지 않기 때문이다. 서울에서만 한 해에도 몇 번씩 베이비페어가 열리는데 가보면 이 많은 물건과 업체, 엄청난 인파에 입이 쩍 벌어진다. 보통 출산에 필요한 물건들은 다음과 같다. 이불, 겉싸개, 속싸개, 배냇저고리, 손발싸개, 내복, 모자, 기저귀, 물티슈, 가제수건, 체온계, 욕조, 목욕용품, 젖병, 젖병 세척용품, 세탁 세제, 아기띠, 유모차, 카시트 등이다. 아기가 좀 더 자라면 아기의자, 아기매트, 장난감 등이 필요하고 또 좀 더 자라면 이유식을 위한 도구, 간식, 책 등등…… 끝이 없다.

그런데 그 중 엄마를 위한 거의 유일한 육아용품이 있으니 바로 기저귀 가방! 기저귀 가방은 엄마 몸에 밀착되어 있기에 그 자체로 패션이 된다. 같은 이유로 아기띠도 패션이 될 수 있다. 하지만 아기띠는 일단 아기를 안전하고 편하게 안는 기능성이 훨씬 더 큰 제품이므로 기저귀 가방과는 구분된다. 기저귀 가방 역시 가볍고 수납이 좋은 기능을 필요로 하지만 기능보다는 디자인을 고려하여 선택하는 경우가 많다. 기능이 떨어진다고 아기에게 나쁜 영향을 줄 것은 거의 없다. 따라서 엄마 마음에 드는 가방이 가장 좋은 기저귀 가방이다.

　다른 육아용품은 모두 새로 장만하거나 물려받았건만 기저귀 가방을 고르지 못한 채 10여 개월이 흘렀다. 뭐가 그렇게 신중한지⋯⋯. 아무래도 며칠 더 고민하고 어제 본 가방을 손에 넣어야겠다. 바쁜 육아에서 잠깐 벗어나 나에게 작은 선물 하나 하는 셈 치자. 그리고 아기와 함께 좀 더 기분 좋은 외출을 시작해야지.

*

육아계의 강자, 스마트폰

내가 스마트폰의 탄생에 진정으로 감사하게 된 건 대부분의 여자가 한 번쯤 겪는 출산의 시간을 겪은 후이다. 출산 후 여자들은 곧 이제까지 경험하지 못한 넓은 범위의 문제에 직면하게 된다. 그것은 바로 육아! 아기를 키우게 되면서 난 지독한 '시간 부족'을 경험하게 되었다. 할 줄 아는 거라곤 젖 빠는 일밖에 없는 아기를 돌보기 위해 엄마는 먹을 시간, 자는 시간, 생리적 욕구를 해결할 시간까지 포기해야 할 때가 많다. 특히 내가 낳은 예쁜 공주님은 태어나는 순간부터 폭풍 울음과 함께 등장하더니, 백일 무렵까지 얼마나 많이 울었는지 모른다.

해외 토픽에서 이런 기사를 읽었다.

14개월 된 아기가 스마트폰으로 경매 사이트의 자동차를 구입했다는 것이다.

터치만 할 줄 알면 모든 게 가능한 스마트폰의 세상에서 충분히 일어날 법한 일이다.

스마트폰의 등장이 우리 생활에 얼마나 큰 변화를 가져왔는지는

이 똑똑한 기계의 유저라면 누구나 알 터.

내 손 안에서도 인터넷 접속이 가능하기 때문에

궁금한 것은 즉시 찾아 알 수 있으니 참으로 영리한 도구가 아닐 수 없다.

처음 스마트폰 유저가 되어 가장 편리하게 느껴졌던 부분 중 하나는

내 위치 확인과 길 찾기 기능이었다.

모태 길치임에도 불구하고 여기저기 걸어다니기 좋아하는 나는

"지금 여긴 어디지?"라는 질문을 심심찮게 하기 때문에

이럴 때마다 스마트폰은 훌륭한 길 안내자가 되어주었다.

뿐만 아니라 이동할 때 목적지까지 가장 빠르게 갈 수 있는 방법을 알려주고,

내가 타야 하는 버스와 전철이 언제 도착할지도 알려주니

이거 얼마나 편리한 세상인지 감탄에 감탄을 금치 못했더랬다.

엄마의 품속에서 잠드나 싶어 내려놓으면 바로 깨서 응애~ 하고 울어버리니 낮이고 밤이고 계속 안고 있을 수밖에 없었다. 하루 종일 아기를 안고 있자니 팔, 어깨가 다 아프기도 하지만 이거 뭐 세상이 어떻게 돌아가는 건지……. 매일 같이 인터넷 세상에서 살던 내가 잠깐 컴퓨터 켤 시간도 없으니 참으로 갑갑하고 미쳐버릴 지경이었다.

아기 엄마와 컴퓨터 사이의 거리는 생각보다 훨씬 멀다. 아기는 보통 조용하고 깨끗한 방에서 재운다. 반면 컴퓨터는 주로 오픈된 작업 공간에 자리한다. 엄마는 아기를 먹이고 기저귀를 갈아주고 안아서 재우기 시작한다. 잠투정이 심한 아기는 재우는 데 걸리는 시간이 꽤나 길어진다. 겨우 아기가 잠들면 아기를 내려놓기 위해 시도하지만 아기는 몸을 들썩이며 깨버린다. 이는 정상적인 아기라면 가지고 있는 '모로 반사'에 의한 것으로 몸에 접촉물이 닿을 때 팔 · 다리를 쭉 폈다 오므리며 머리를 굽히는 반사를 말한다. 등이 닿으면 깬다고 엄마들 사이에서 '등 센서'라고 불리기도 한다. 이 모로 반사 때문에 아기를 내려놓지 못하고 몇 시간 팔에 안고 재워본 엄마들이 많을 것이다.

아기가 깰 때까지 내려놓는 데에 실패한다면 컴퓨터 근처에 가는 것도 무리다. 운 좋게 아기가 엄마 팔에서 빠져나와 쌔근쌔근 자준다면 이제 엄마는 방을 나설 수 있다. 방을 나오니 부엌이 보인다. 그리고 보니 아직 밥도 제대로 못 먹었다.

차려 먹을 시간은 없고 그냥 그릇 하나에 밥과 김치만 담아 김과 함께 대충 뚝딱 한다. 이것도 밥이 이미 지어져 밥통에 있을 때 가능한 일이다. 밥을 다 먹을 때까지 아기가 깨지 않으면 그야말로 땡큐다. 물론 나의 사랑스러운 아기는 백일 전까지 나에게 밥 먹을 시간을 제대로 준 적이 없다. 밥 먹는 것 외에도 부엌과 그 근처에는 왜 그렇게 해야 할 일들이 쌓여 있는지……. 이런 상황에서 컴퓨터를 켜고 인터넷을 하는 것은 사치다.

컴퓨터를 켜는 것은 포기했지만 나에게는 스마트폰이 있다. 예쁜 아기를 힘들게 재운 후, 혹여 깰까봐 옆에 누워 보초 선 경험, 엄마라면 다 있지 않을까. 이때 스마트폰과 함께라면 보초 서는 거 지겹지 않다. 손바닥과 손가락 몇 개면 소통이 가능한 이 세상에서는 포털 어플을 통해 세상 돌아가는 이야기를 듣고, 카카오톡을 통해 친구들은 어떻게 살아가고 있는지 소통할 수 있다. 게다가 사야 할 것도 많은데 모바일 쇼핑을 할 수 있어 얼마나 다행인지. 내가 출산할 무렵부터 모바일 쇼핑이 활성화되기 시작하여 장을 보고, 육아용품을 사는 대부분의 쇼핑이 가능해졌다. 스마트폰이 없었다면 물건 하나 사는 것도 쉽지 않아 남편이나 다른 사람에게 부탁했어야 하는데, 그럼 또 얼마나 답답하고 귀찮았을는지.

나는 점점 육아와 스마트폰의 멀티에 능해졌다. 아기를 안고 있으면서도 모유 수유를 하면서도 스마트폰은 나의 친구였고, 나를 잠시 육아 스트레스에서 해방

시켜주는 도구가 되어주었다. 또한 스마트폰을 통해 다양한 아기 돌보기 어플리케이션을 활용할 수 있었다. 아기가 잘 잘 수 있도록 도와주는 어플도 있고, 아기에게 초점 훈련을 시켜주는 어플, 심지어는 아기 울음소리를 듣고 왜 우는지 번역해주는 어플도 있다. 이거 꽤나 능력 있는 베이비시터를 한 명 들인 셈이다.

만약에 스마트폰이 없었더라면? 불과 몇 년 전만 해도 그랬다. 스마트폰이 대중화되지 않았기에 나의 손끝에서 이루어지는 다양한 일과는 불가능했을 것이다. 안 그래도 힘든 육아가 몇 갑절 더 힘들었으리라. 간혹 스마트폰 중독이 사람들의 사색을 방해하고 인성을 파괴한다는 쓴 소리들도 하고 있지만, 오히려 심각한 육아 중독에 빠질 수밖에 없는 엄마들에게 스마트폰은 충분한 도움을 주는 존재가 아닐까 싶다. 스마트폰은 진정 육아용품계의 강자라 할 만하다. 다만 너무 스마트폰에 집중하여 아기를 방치하지 말 것! 아기에게 스마트폰을 넘겨주지 말 것! 나도 모르는 사이 고가의 자동차를 사고 싶지 않다면 말이다.

똑똑한 육아를 위하여

아이를 1년 이상 키워보니 스마트폰이 육아계의 강자에서 훼방꾼으로 바뀌는 날이 오는 것을 알게 되었다. 아이가 돌 무렵이 되면 엄마의 일거수일투족을 따라 하기 시작하는데 그때부터 엄마는 아이를 돌보며 스마트폰 업무를 동시에 하기 힘들어진다. 스마트폰을 육아의 도우미로만 이용하고 싶지, 이를 아이의 동영상 플레이어로 이용하고 싶지 않다면 아이 앞에서 스마트폰을 감추어야 한다. 이것은 내 경험이다. 다만 다행인 것은 아기가 돌 무렵이 되면 엄마에게는 컴퓨터를 켜고 인터넷을 할 수 있는 나만의 시간이 생긴다. 굳이 스마트폰에 집착할 필요가 없어진다. 나는 스마트폰을 아기가 돌 전, 성장이 빠른 아기라면 6개월까지만 육아의 최강 도우미로 이용하라고 권하는 바이다.

추천 육아 어플리케이션(아이폰 기준)

- 잘자라 울아가

  예민해서 잠을 잘 이루지 못하는 아기 키우는 것이 얼마나 힘든지는 그런 아이를 키워본 부
  모만 알 것이다. 소리에 예민한 아기를 재울 때 쓰는 유용한 어플로 다양한 백색 소음과 자
  장가를 활용할 수 있다.

- 수유 시계

  수유를 언제 했는지, 얼마나 먹었는지, 기저귀를 몇 번 갈았는지, 아기가 태어난 지 며칠이
  나 되었는지까지도 손쉽게 기록할 수 있는 어플이다.

- Baby Music

  아기에게 들려주면 좋은 오르골 음악들 모음. Creativity(창의성), Control the energy(에
  너지 제어), Restful sleep(편안한 잠) 등 다양한 카테고리의 음악을 들려줄 수 있다.

Story 31

*

입술 접근 금지

나에게는 고질적인 습관이 하나 있다. 입술을 자주 뜯는 것이 바로 그것이다. 기억이 안 날 정도로 어린 시절부터 나는 입술을 뜯고 부모님께 "입술 그만~"이라는 경고를 수도 없이 듣고 자랐다. 흔히 애정이 결핍된 사람들에게 나타나는 버릇이라고 하는데 외동딸로 부모님의 사랑을 독차지하면서 자랐건만 애정 결핍이라니! 그런데 놀라운 것은 30대 중반을 향하고 있는 지금까지도 내가 매일같이 입술을 뜯고 있다는 것이다. 하지 마라, 하지 마라 하면 더 하고 싶은 것이 사람 심리라고 한다. 어렸을 때 부모님이 극구 말리실 때는 바로 그 심리 덕에 내가 입술 뜯는 버릇을 못 고치는 것이라 믿었다. 그런데 지금은 결혼도 하고 아무도 내가 입술을 만지든 괴롭히든 뭐라 하는 사람 없는 자유인의 몸으로 나는 내 입술을 못살게 굴고 있으니, 이는 또 무슨 심리인 것일까?

나의 나쁜 습관 탓에 내 입술은 평생 우글쭈글한데다 피까지 나는 것도 일상이 되었다. 오늘부터 그만해야지 생각했다가도 어느새 입술을 뜯고 있는 나를 발견한다. 특히 무언가에 집중하거나 신경이 예민해져 있을 때 나도 모르게 손이 입술로 가곤 한다. 내 평생 가장 많은 입술을 뜯은 것은 고3 수능날이었던 것으로 기억한다. 그날은 더 뜯을 입술이 남아 있을까 싶을 정도로 입술을 만져댔고, 그만큼 나의 집중력이 최고치에 달했다. 현대인들은 대부분 정신병 증세를 가지고 있다고 하는데 입술에 집착하는 내 버릇도 정신병의 하나일지 모르겠다.

입술을 뜯으니 트게 되고 늘 건조하면서 약간은 아픈 상태가 지속된다. 추운 겨울이면 이 증상이 더 심해져서 입술로 인해 내 얼굴이 몇 년은 더 늙어 보이기도 한다. 이러한 나에게는 어렸을 때부터 입술 보호 제품이 필수이다. 깜빡 하고 외출할 때 이를 안 챙긴 날에는 불안감이 엄습해온다. 이 불안감은 입술이 잘 트는 사람만 아는 것인데 입술이 바짝 마르면 목이 타는 것과 비슷한 괴로움이 찾아오며, 갈라지고 피가 나는 고통이 수반될 수 있기에 촉촉한 입술 보호 제품을 틈틈이 덧발라주어야 한다. 외출 시간이 길어진다면 새로 하나 구입하는 것도 방법이다. 나 같은 사람이 또 있기는 한 건지 입술 보호 제품은 화장품 가게뿐만 아니라 약국, 편의점, 동네 슈퍼마켓에서도 쉽게 구매할 수 있다.

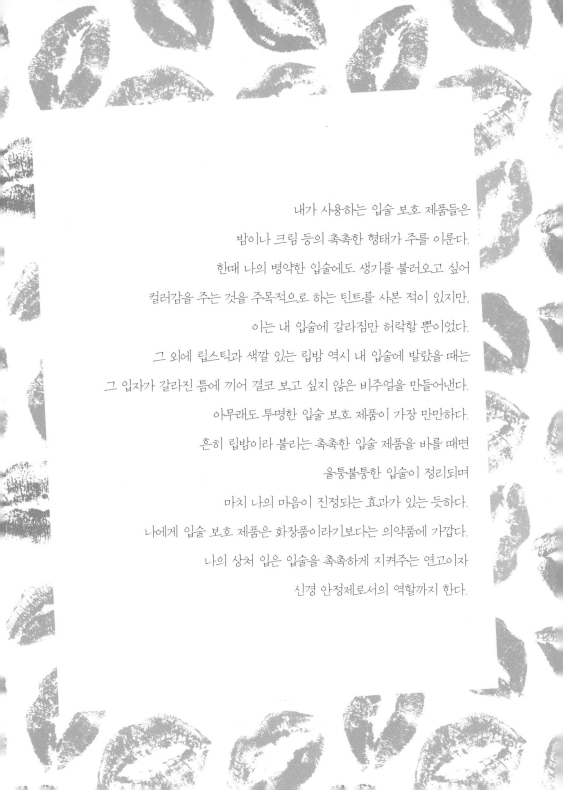

내가 사용하는 입술 보호 제품들은
밤이나 크림 등의 촉촉한 형태가 주를 이룬다.
한대 나의 병약한 입술에도 생기를 불러오고 싶어
컬러감을 주는 것을 주목적으로 하는 틴트를 사본 적이 있지만,
이는 내 입술에 갈라짐만 허락할 뿐이었다.
그 외에 립스틱과 색깔 있는 립밤 역시 내 입술에 발랐을 때는
그 입자가 갈라진 틈에 끼어 결코 보고 싶지 않은 비주얼을 만들어낸다.
아무래도 투명한 입술 보호 제품이 가장 만만하다.
흔히 립밤이라 불리는 촉촉한 입술 제품을 바를 때면
울퉁불퉁한 입술이 정리되며
마치 나의 마음이 진정되는 효과가 있는 듯하다.
나에게 입술 보호 제품은 화장품이라기보다는 의약품에 가깝다.
나의 상처 입은 입술을 촉촉하게 지켜주는 연고이자
신경 안정제로서의 역할까지 한다.

잡지책에서 읽은 아줌마들의 특징 중 하나는 '화장은 안 해도 입술에 립스틱은 바른다'라는 것이었다. 우리 엄마는 이 내용에 폭풍 공감하며 웃으셨다. 당연히 우리 엄마도 외출 시 립스틱이 필수이다. 내 나이도 이제 립스틱을 색깔별로 발라보고도 남을 만큼이 되었건만 난 여태껏 립스틱을 사본 적도, 발라본 적도 거의 없다. 바로 나의 입술 탓이다. 나의 나이와 피부는 아줌마에 가깝지만 입술은 여전히 보호 제품을 필요로 하는 연약함에 머물러 있기 때문이다.

여배우들의 입술 메이크업 제품이 곧잘 화제가 되곤 한다. 극 중에서의 키스 신은 사람들의 큰 관심거리가 되며, 립스틱을 바른 섹시한 입술은 여자의 가장 매혹적인 부위 중 하나이기도 하다. 제형의 질감과 구성 비율 그리고 사용 목적에 따라 그 종류도 다양하다. 립스틱, 립글로스, 립밤, 립라이너, 립틴트 등이 모두 남자들은 구분조차 하기 힘든 입술 메이크업 제품들이다. 동양인의 경우 무채색에 가까운 얼굴의 다른 부위와 달리 입술은 거의 유일하게 컬러감을 가지고 있기에 화려함을 입어도 어색하지 않다. 나는 얼굴 메이크업을 하면 눈 화장과 볼터치도 빼먹지 않는 편인데, 가장 화려해야 할 입술은 그 동안 등한시해왔다. 그러나 요즘 나도 예쁜 컬러감의 입술 메이크업 제품에 눈이 가기 시작했다. 아줌마들이 다른 곳은 몰라도 입술에만은 립스틱, 흔히 루즈만 바르는 이유도 조금씩 알 것 같다. 얼굴 메이크업에서 입술 제품만큼 단번에 큰 효과를 주는 아이템도 사실 없기 때문이다. 바쁠 때에, 뭔가 기분이 칙칙할 때, 왠지 모르게 2% 부족할 때, 입술 메이크업만으로 한층 더 생기 있는 얼굴을 연출할 수 있다. 입술 제품을 의약품과 신경 안정제로 사용하던 시절은 안녕! 이제 화장품으로서의 화려한 역할을 허락할 때가 왔다.

먼저 나의 손버릇을 고치는 것이 우선이다. 립스틱이건 립틴트이건 컬러감이 예쁜 립밤이건 매끄러워진 나의 입술이 있어야지 적용 가능할 테니 말이다. 해마다 올해의 목표를 세우곤 하는데 올해는 입술 뜯지 않기를 목록에 올려놓았다. 나도 모르게 입술로 가는 나의 손을 어디에 묶어둘 수는 없으니 이참에 예쁜 립스틱 하나 구입해보는 것도 방법이겠다. 다이어트를 하려면 예쁜 옷을 사는 것이 도움이 되는 것처럼, 얼굴을 환하게 밝혀주는 예쁜 립스틱이 나의 고질병을 고쳐주지 않을까.

*

우리 집 옷방 이야기

이야기 내가 좋아하는 인테리어는 전체적으로 화이트 톤의 깔끔한 분위기에 원목 가구가 있고 군데군데 빈티지한 포인트가 있는 스타일이다. 그러나 정작 우리 집의 현실은 그렇지 못하다. 무엇보다도 우리 집에서 제일 마음에 들지 않는 공간은 옷방이다. 드레스룸이라는 왠지 럭셔리해 보이는 표현은 어울리지 않는 소박한 곳이다. 그곳을 정리할 때면 약간의 스트레스가 동반된다. 좁디좁은 공간에 무수히 많은 먼지 알갱이들이 목을 조여오는 느낌이다. 우리 집 옷방은 3평 정도 되는 작은 공간인데 옷장 2개와 서랍장 3개, 그 외에 6개의 수납 상자들이 옷장 위와 방 구석구석에 자리 잡고 있다.

거기다 거실에 텔레비전을 없애자는 취지로 갈 곳 없어진 30인치 텔레비전이 옷방 한켠을 차지했다. 큰 서랍장 위에는 나와 남편의 화장품들이 올려져 있고 그 옆의 전신 거울을 보며 화장을 한다. 올 봄 이사를 오며 열심히 구상한 것이 '옷 입고 치장하는 것을 한 방에서 다 할 수 있도록 해야지'였기에 작은 방 구석에다 온갖 것들을 몰아넣었다. 부피는 크면서 마땅히 둘 곳 없는 철 지난 이불도 옷방의 불청객이다. 이불장이 따로 있어 이불만 쫙 정리하면 좋겠으나 방이 좁으니 이불장을 둘 데가 없다. 결국 이불은 압축팩 2개에 꾹꾹 눌러 담겨 옷방 한구석에 들어앉았다. 작은 방에 이토록 많은 짐이 들어가니 인테리어된 느낌이 전혀 들지 않는다. 그냥 창고 같다.

이렇다 보니 어떻게 수납을 효율적으로 하여 방을 조금이라도 넓게 쓸 수 있을지는 항상 나의 관심거리이다. 계절이 바뀌어 옷 정리를 한 번 할 때면 마스크를 써야 할 정도로 3평의 작은 방은 먼지 구덩이가 된다. 그렇지만 좁은 방과 많은 짐, 이 두 가지는 서로 한 치의 양보도 하지 않고 팽팽히 대치한다. 수납되어 있는 옷들 중에 3분의 2는 거의 입지 않는 옷들인데, 이들을 버리자니 또 아깝다. 이미 몇 번을 정리하고 남은 것들인데도 한 가득이다. '아이가 크면 입을 수 있을 거야'라고 생각하며 계속 보관 중이다. 어린 아이를 안고 키우다 보니 불편한 옷, 짧은 옷, 재질이 보드랍지 않은 옷은 입기 힘들다. 나에게 입혀지지 못하고 옷장에서 울고 있는 옷들을 보며 마음속으로 되뇌인다. 다시 입어줄게. 몸매 관리도 잘할게. 꼭!

결혼을 하고 나니 집에 대한 생각이 달라졌다.

예전에는 이사를 가도 오래 살 집이 아니라 여기며

큰 욕심이 없었는데 이제 이 집에서 내 가족이,

나의 아이가 살아갈 것이라 생각하니 마음가짐이 다르다.

아직은 그저 임차인으로 살아가는 입장이라

내 집을 온전히 나와 가족의 것으로 꾸미는 데는

한계가 있는데도 불구하고 그저 욕심을 낸다.

내 집이 생긴다면 벽지는 이렇게, 가구는 이런 분위기로,

조명은 방마다 다르게 등등 꾸밀 것을 즐겁게 상상하며!

현재 할 수 있는 것은 전셋집에 가능한 정도로만

인테리어에 열을 올리는 것뿐인데 말이다.

한편 아이가 생기니 가구 하나를 사도 여러 가지를 생각하지 않을 수 없다.

건강에 이로운 친환경 소재로 되어 있나? 마감은 안전하게 처리되었는가?

아이가 빠르게 성장하다 보니 그때그때 필요한 물건도 달라지는데,

장기적인 안목의 필요 충족 조건을 갖추었는가? 등등.

나는 어느새 더 넓은 공간으로 이사하고 싶다는 생각을 한다. 분명 7개월 전에 4평이나 더 넓어진 지금의 공간으로 이사를 했건만. 그때는 "우와, 넓어져서 좋다!" 그랬건만. 심지어 방도 하나 더 생겼는데 말이다. 새삼 이전 집에서는 도대체 어떻게 살았을까 싶다. 짐이 많아서 불만이면 짐을 다 버리면 그만인데. 몇 가지 입을 옷과 이불만 남긴 채 다 버리고, 텔레비전도 없애버리면 옷방이 깨끗해질 텐데. 안 입는 옷들을 보며 미안해질 일도 없을 텐데. 아니, 옷방이 없으면 옷방의 먼지 때문에 고민할 일도 없을 텐데. 생각들이 꼬리에 꼬리를 문다. 나의 행복을 위해 고안한 옷방, 옷, 이불, 텔레비전 등이 어느새 나의 고민거리가 되어버린 이 역설적인 상황이 안타깝다.

가진 것이 많으면 그것을 유지하고 지키느라 힘이 든다고 한다. 그저 옷도 더 많으면, 방도 더 많으면, 집도 더 넓으면 편하고 행복할 것 같은데 차라리 결혼 전 단칸방 월세 살던 시절 간소한 짐과 심플했던 라이프가 그리운 것은 왜일까? 부자들의 심리가 이와 비슷한 것일까? 지금보다 훨씬 가진 것이 없던 그 시절에는 고민거리가 단출했다. 반면 지금은 그보다 몇 배의 것들, 단란한 가족, 넓어진 집, 안정적인 삶 등을 가졌는데 나의 행복지수는 복잡다난해졌다. 더 좋은 인테리어에 목을 매고, 집에 놓을 자리도 없는데 입고 싶은 옷과 두고 싶은 가구는 끝없이 생긴다.

이제 그만, 여기서 멈춰야겠다. 전세난이 갈수록 심화되는 이때, 결국 내가 후퇴하고 양보하는 수밖에 없다. 일단 옷방이 완벽하지 않음으로 인해 스트레스 받는 것을 그만두어야겠다. 그리고 줄일 수 있다면 최대한 옷방의 짐을 줄여야겠다. 그렇게 함으로써 옷장에도, 옷방에도, 나아가 우리 집에도 숨 쉴 공간을 허락해야겠다. 드레스룸일 수도 창고일 수도 있는 그 공간은 나의 백 번 고민으로도 결코 넓어질 수 없다. 공간을 넓힐 수 없다면 짐을 줄이든가 아니면 내 마음의 여유를 늘리는 수밖에. 아름다운 그림을 또렷이 감상하기 위해서는 그림 주변의 여백이 필요하다. 지금 우리 집 그리고 내 마음에는 여백이 부족하다. 그 어떤 멋진 가구나 장식품보다도 지금 나에게 가장 필요한 인테리어는 '짐 정리와 마음의 여유'가 아닐까.

*

집에서는 무엇을 입을까?

나는 집에서 그리 예쁠 것도 없는 바지와 티셔츠 3~4벌을 돌려가며 입곤 한다. 외출할 땐? 옷장에 가득한 옷 대부분을 외면한 채 손에 잡히는 옷 몇 벌로 연명하는 중이다. 바쁘다는 핑계로, 엄마라는 이유로, 프리랜서라는 상황으로 집에서 주로 기거하는 날이 일주일에 사나흘인데 실내복은 겨우 몇 벌, 그것마저도 돌려 입으려니 세탁기 돌리는 일도 만만치가 않다. 그런데 옷장에 꽉꽉 들어찬 옷들은 다들 외출할 때 입는 옷들이니 이것 뭔가 한참 잘못된 느낌이다. 또한 철이 바뀔 때마다 옷을 사지 않으면 아쉽고, 이때 사게 되는 옷이란 대부분 외출복이다. 실내복을 훨씬 더 많이 입는데도 말이다.

룸웨어 브랜드로 특화된 '젤라또 피케' 외에도 유럽이나 북미 쪽의 패션 브랜드를 살펴보면 실내복이 차지하는 비중이 작지 않다. 또한 해외의 유명 홈 테이블웨어 브랜드 홈페이지를 잘 살펴보면 패브릭과 주방용품이 주를 이루는 가운데 집에서 입는 옷과 양말 등도 하나의 카테고리로 존재하는 것을 볼 수 있다. 실내복이 집안을 꾸미는 하나의 요소로 인정되는 것이다. 그러나 아직까지 우리나라에서 실내복은 그저 잠옷, 트레이닝복 등으로 평가되어 어여쁜 실내복을 찾기가 힘들다. 집 인테리어에 너도나도 관심을 가지고 잘 꾸며진 집을 칭찬하고 따라 하지만, 정작 집에 있는 나의 꾸밈에는 얼마나 신경 써 왔던가?

나는 대학 4년간을 기숙사에서 생활하였다. 기숙사는 나의 집이었지만 학교의 선후배, 친구들을 만나는 제2의 만남의 장이기도 하였다. 첫 기숙사 입사 전, 나는 잠옷으로 입을 바지를 꼼꼼히 골랐다. 뭐 특별할 것도 없는 회색 톤의 바지였지만, 이 정도면 남들이 봐도 영 구질구질해 보이지는 않을 듯싶었다. 상의로는 면 티셔츠 몇 개를 번갈아 입기로 하였다. 외동딸로 자란 나는 또래와 집안에서 동거해본 적이 없어 기숙사 생활에 대한 기대가 얼마나 컸는지 모른다. 드디어 기숙사에 입성하는 날, 나는 다양한 이들의 집 패션을 볼 수 있을 거라 예상했으나 대부분은 나와 비슷한 차림새였고, 파자마를 세트로 잘 차려 입은 친구, 귀여운 캐릭터가 그려진 면 원피스를 입은 이들이 눈에 띄는 정도였다.

일본 룸웨어 브랜드 '젤라또 피케(Gelato Pique)'의
브랜드 콘셉트는 아이스크림 디저트 같은 실내복이라고 한다.
카탈로그를 살펴보니 파스텔 톤 아이스크림 컬러의 예쁜 실내복들이 가득하다.
그냥 보기만 해도 기분 좋아질 뽀송뽀송한 재질부터 야들야들하여 걸치면
여신으로 변신할 것 같은 소재까지 우아하면서도
귀엽고 편안한 분위기를 가지고 있다.
마치 따스한 유럽 저택을 소재로 한 영화에 나올 것 같은 멋스러운 옷들이다.
나는 카탈로그에 있는 옷을 죄다 내 옷장으로 옮기고 싶다는 충동에 사로잡혔다.
기존의 내 머릿속 실내복이란 집에서 입는 옷, 친구를 만날 때보다는 나 혼자
혹은 가족과 함께할 때 입는 옷, 편한 옷, 잘 때 입는 옷쯤으로 정의되곤 하였다.
통상적으로 생각되는 이미지에는 면 소재의 파자마 세트,
겨울철의 극세사 수면 바지, 후줄근한 티셔츠와 트레이닝복 등이 있다.
왜 그래야 하는지 모른 채 여태까지 집에서는 밖에서 입는 옷보다
예쁘지 않은 옷을 입어왔다. 자고로 집이라는 곳은 가족과 함께하는 곳이기에,
남에게 잘 보이기 위한 꾸밈이나 예의는 없이 그저 편하게 면 티셔츠나
넉넉한 바지를 입은 채 생활해온 것이다.
그런데 아이스크림 디저트 같이 황홀하고 달콤한 콘셉트의 실내복을 보며
내 마음 속의 무언가가 꿈틀대기 시작하였다.

개중에는 빨간색 레이스로 치장된 슬립을 입어 모든 이들의 관심거리가 된 선배도 있긴 했지만, 그것은 아주 특별한 케이스에 해당되었다. 기숙사에서의 그 비슷비슷한 차림새들은 다음 날 아침 학교에 갈 무렵이면 놀랍게 변화되곤 하였다. 각자 신경 써서 준비해온 외출복과 메이크업을 착용한 모습은 기숙사의 잠자리 차림새와 확연히 달랐다. 간혹 도저히 동일 인물인지 알길 없는 이들이 몇 있어 사람들의 입방아에 오르기도 하였다. 몇 년 전 신조어로 이름을 날린 '건어물녀'의 한 모습이었다 할까.

어느새 나는 가정을 이루고 아내이자 엄마가 되었다. 대학을 졸업한 지는 한참이다. 밖에서 다양한 사람들을 만나며 외모를 치장하던 꽃다운 시절은 안녕! 이제 외출복보다는 실내복에 좀 더 신경을 쓸 때가 아닌가 싶다. 매일 같은 공간, 같은 얼굴, 거기에 같은 옷까지면 심심할 테니 말이다. 사실 집안 인테리어를 한 번 바꾸는 일은 간단한 일이 아니다. 하지만 집 안에서 입는 옷 바꿔 입기는 그야말로 쉬운 일! 내가 제대로 차려 입은 옷 한 벌에 집안 분위기가 달라진다면 투자할 만하지 않은가? 실내복은 집안 인테리어를 구성하는 중요한 요소라고 할 수 있다. 그것은 또한 나의 사랑하는 가족과 공유하는 것이기도 하고, 한편 가장 원초적인 나 자신과의 만남에서 스스로 부끄럽지 않은 꾸밈이다.

*

춤추실래요?

한때는 노력하면 다 된다고 생각했다. '하면 된다'라는 좌우명도 있기에 나는 이 세상 모든 일이 내 마음 먹기에 따라 그리고 내 노력 여하에 따라 달라진다고 믿었다. 하지만 '하면 된다'는 세상 모든 일에 적용되는 법칙이 아니었다. 다만 내가 소질이 있고 잘하는 분야에 있어서 가능할 수도 있는 마법이었다.

어린 시절 운동회 날은 내가 세상의 진실과 맞닥뜨리는 날이었다. 운동회에서 대부분의 경기는 단체전으로 청군, 백군 누가 이기든 며칠 후면 잊힐 중요하지 않은 사항이었으나 달리기는 조금 달랐다.

달리기를 못했던 나에게 숫자 도장은

이 세상 그 어떤 선물보다 탐나는 것이었다.

하지만 안 되는 것은 안 되는 것. 아무리 잘 뛰고

열심히 해보려 해도 매년 운동회 날에는 그저

자존심 상하고 속상했던 기억이 많다.

달리기는 철저히 개인 경기였으며 성적이 뛰어난 아이들은 운동회의 대미를 장식하는 계주 경기의 대표로 뽑히기도 했다. 지금은 거의 사라진 것 같지만 내가 어릴 때 달리기 시합을 하면 들어온 순서대로 1등부터 3등까지 손목에 도장을 찍어주었다. '1'이라는 도장을 손목에 받으면 그야말로 기분 좋은 일이겠지만 보통 5, 6명이 뛰는 달리기 시합에서 4등 이후로는 도장을 받지도 못하는 그야말로 무명 신세가 되었다.

초등학교 졸업과 함께 달리기 숫자 도장과도 작별을 했다. 나의 새로운 부러움의 대상은 춤을 잘 추는 이들이었다. 나는 춤추는 데에도 재능이 없다. 달리기는 선생님들이 찍어주는 숫자 도장이라는 시스템하에 계급이 정해졌다면 춤의 경우 친구들의 평판으로 그 순위가 결정되는 편이었다. 춤을 잘 추는 친구들은 소풍과 축제, 학교의 행사 때마다 스타가 되었다. 화려한 옷을 입고 조명 아래 친구들의 환호를 받는 그들이 참 특별해 보였다. 우리 때는 그룹 '룰라'의 춤을 따라 하는 것이 대유행이었다. 나로서는 범접할 수도 없었던 '날개 잃은 천사'의 커버 댄스는 거의 몇 년간 학교 행사 때마다 보았고, 또 아무리 봐도 질리지 않았다. 요즘처럼 아이돌 스타들이 넘쳐나고 그들의 커버 댄스가 전 세계적으로 유행하는 시점과는 비교도 안 되겠지만, 춤을 잘 춘다는 것은 분명 누구나 부러워할 만한 장기였다.

춤을 잘 추고 싶어서 어느 정도 노력도 해보았다. 어디까지나 조금의 노력이었다고 해두자. 댄스 가수가 되고 싶었던 것은 아니었고 그저 사람들 앞에서 놀림 받지 않을 정도의 춤 실력을 키우고 싶었을 뿐이다. 동네 문화센터에서 재즈 댄스를 배워 보거나 교회에서 하는 댄스 스쿨에 가보기도 했다. 하지만 거기서도 나는 열등생이었다. 중년의 아주머니보다도, 할머니보다도 웨이브에 서투른 나는 내가 보기에도 딱한 모습이었다. 우리 민족은 가무에 능하다고 한다. 수많은 아이돌들이 인기를 누리고 새로운 한류라 불리는 뮤지컬도 점점 국제적으로 그 지경을 넓혀가는 중이다. 게다가 브레이크 댄스를 추는 한국 비보이의 수준 역시 세계적이다. 이렇게 춤 잘 추는 사람들 많은 나라에서 살고 있지만 춤 잘 추는 유전자라곤 찾아보기 힘든 나의 경우 그 상대적 빈곤이 더 크다.

달리기든 댄스든 못하는 데에는 나의 둔한 운동 실력이 큰 역할을 한다. 달리기를 못하는 것은 운동회날 숫자 도장을 못 받고, 체육성적이 나쁜 것이 다였다. 하지만 춤은 그게 다가 아니었다. 어렸을 때는 춤을 못 춘다고 성적이 나빠지거나 특별히 자존심 상할 것도 없었지만, 어른이 될수록 유연하지 못한 춤 실력은 여러 가지로 아쉬운 부분이 많았다. 대학에서도 직장에서도 장기 자랑이나 매력 발산을 이유로 춤을 춰야 되는 일이 많았지만, 내가 춤을 추면 좌중에게 몸 개그를 선사하는 시간이 되어버렸다. 뻣뻣한 춤 동작 탓에 춤을 동반한 장기자랑은 나에게 항상 굴욕을 주었을 뿐이다. 자연히 '몸치', '로봇'과 같은 별명이 늘 나를 따라다녔다. 그래서 날렵한 몸으로 웨이브를 추거나 날쌘 몸놀림으로 힙합 댄스를 추는 사람들을 보면 그렇게 부러울 수가 없다. 내 몸뚱어리도 그들처럼 움직여주면 좋을진대 왜 마음과 몸은 따로 노는 것인지……

영화 〈쉘 위 댄스〉를 본 이후로 언젠가 평생 배필을 만나면 함께 춤을 취미로 하고 싶다는 생각을 했다. 왜 이렇게 내가 못하는 것에 자꾸 마음이 가는지는 모르겠지만 그저 로망이라고 할 수도 있겠다. 정말 다행히도 우리 남편은 춤을 잘 추고 운동 신경도 좋은 편이다. 대학 다닐 때 동호회 활동으로 '스윙' 댄스를 춰서 이름 깨나 날렸다고 하는데, 아직 그 실력은 보지 못 했다. 다만 감사한 것은 나의 로망을 아직 간직할 수 있다는 것. 그래도 내 남편, 내 가족인데 내 춤사위를 보며 심하게 굴욕을 주지는 않겠지? 언젠가 좀 더 나이 들고 여유가 생기면 함께 남편과 취미로 춤을 배우고 싶다. 그 누구에게 보여주기 위한 춤 말고 우리 둘만을 위한!

*

힐링을 즐기는 나이

지난 주말 양평에 있는 비아지오 펜션을 다녀왔다. '비아지오'는 이태리어로 '여행'이라는 뜻이다. 몇 년 만에 찾은 양평이지만 근처에 있다는 두물머리나 그 어떤 아름다운 관광지도 찾지 않았다. 남편과 함께한 나는 그저 펜션까지 차를 몰고 가 바비큐를 즐기고 쉬다가 다음 날 서울로 돌아왔다. 참 싱거울 수도 있는 일정이다. 하지만 나는 좋은 공기를 마시고 예쁜 자연을 구경하고 아름답게 지어진 펜션 건물에서 따사로운 잠을 청하는 우리 스케줄이 꽤 마음에 들었다. 특히 사장님이 준비해주신 맛있는 저녁 바비큐 한 상 차림은 대만족!

요즈음 '힐링'이라는 단어가
유행처럼 번져 방송에서도 '힐링',
서점과 카페에 가도 '힐링, 힐링'이니
현대인들의 마음에 치유할 구석이 많은 점은 분명한 것 같다.
우리의 여행도 어쩌면 '힐링'이었을지 모르겠다.
일상에 지친 우리가 하룻밤 오붓하고
조용하게 지내고 올 수 있는 곳이 있다는 게 얼마나 감사한지.
나는 어느덧 힐링 여행을 즐기는 나이가 되었다.
뭐, 요즘 사람들은 워낙 슬로우 라이프,
친환경 웰빙에 관심이 많으니
나이랑 힐링이 큰 상관없을지도 모르겠다.
단지 나의 경우, 나이를 먹으며 좀 더 여유를 즐기고
일상을 감상할 줄 알게 된 것 같다.

10년 전만 해도 나에게 여행은 힐링이라는 개념과는 거리가 멀었다. 여행을 좋아했던 나는 학교에서 중국 오지를 탐험 조사하는 동아리에 가입해 2년 동안 바쁜 방학을 보냈고, 그 후로도 친구와 함께 유럽 배낭여행을 다녀오고, 학교 공동체 훈련으로 하와이를 다녀왔으며, 밤 도깨비 여행으로 홍콩과 일본을 다녀오는 등 내 여권에 새로운 흔적을 남기기 바빴다. 여행 가서의 일정 역시 빡빡했다. 늦어도 아침 7시에는 일어나서 하루를 시작했으며, 하루에 박물관을 세 군데 가고, 막간에 기념품 시장을 들르고, 밤에는 야경을 구경하는 바쁜 일정을 소화했다. 몸은 지치고 피곤했지만 이렇게 하지 않으면 평생 후회하지 않을까 싶었다. 언제 다시 올지 모르는 이곳에서 1분 1초도 아껴 많이 가보고, 느끼고, 사진을 찍어야 참 여행이라 생각했던 것 같다. 여행의 우선순위가 관광지 탐방과 특별한 기념품 쇼핑으로 국한되고 자연스레 생활, 특히 식사의 질은 떨어졌다. 유럽 여행 중에 유스호스텔 조식 뷔페(숙박할 경우 공짜)에서 먹다 남은 빵을 싸 가지고 다니며 하루 종일 밥 대신 먹었던 기억도 있다. 그땐 왜 그리 먹는 데 쓰는 돈이 아까웠던지…….

지금의 나는 10년 전과 다르다. 어디를 여행 가더라도 되도록 맛있는 음식을 먹어야 하고, 숙소가 좋아야 하며, 일정은 여유로워야 한다. 또한 일정 중간중간 카페에 들러 커피 마실 시간도 있어야 하고, 밤에는 숙소에서 휴식을 취하며 내일을 준비해야 한다. 10년이면 강산도 변한다더니 새삼 사람 하나가 이렇게 변

했구나 싶다. 나의 여행 취향이 이토록 탈바꿈한 것은 바쁘고 빡빡한 여행이 마냥 즐겁지 않다는 것을 깨달은 이후이다. 아무리 바쁘게 여행지를 뛰어다녀도 내가 보고 경험할 수 있는 것에는 한계가 있다. 한마디로 내 몸은 힘드나 만족의 끝은 없다. 반면 나의 미각과 쉬고 싶은 욕구를 충족시키며 비록 시간이 없어 계획대로 여행지를 돌아보지 못할지라도, 내가 나의 몸과 마음을 충분히 배려한다면 그 자체로 가치 있는 시간이 된다. 또한 너무 일정에 따르다 보면 예상치 못한 즐거움을 만나기 어렵다. 여유로운 여행에는 서프라이즈 선물이 기다리곤 하는데, 이를테면 숙소 근처를 그냥 산책 하다 여행 책자에는 나오지 않았던 수백 년 전통의 맛이 기가 막히게 좋은 빵집에서 크로아상을 먹을 수도 있고, 숙소의 옆방에 묵은 사람과 밤에 대화를 나누다 평생지기로 발전할 수 있는 등의 일 말이다. 이러한 일들은 유명한 관광지 앞에서 누구나 다 하는 셀카 놀이를 하는 것보다 훨씬 유익하고 신나는 일이다.

내가 10년 전 하던 여행이 '성취'라면 지금 하는 여행은 '힐링'이다. 10년 전 유행하던 가치가 '성취', '성공'이었다면 요즘 유행하는 가치는 '힐링', '행복'이라고 한다. 그러고 보면 나의 여행 취향은 시대의 흐름을 고스란히 반영하고 있는 셈이다. 그래도 가끔 패기 넘치게 여행지를 누비던 어린 시절이 그립다. 사실 어떤 스타일이든 여행은 그 자체로 즐거운 일이기에.

그림을 그리고, 글을 쓰고, 책을 만들기 위한 작업을 끝내고 나면 사랑하는 남편과 딸에게 좀 더 신경을 써야지. 우리 부모님, 시부모님께도 연락을 더 자주 드려야지. 아직 18개월도 되지 않은 어린 딸과 맘 편히 하루 종일 뒹굴거리며 놀아줘야지. 다른 전업 맘들처럼 하루 종일 아이를 유모차에 태우고 놀러다녀야지. 남편 먹을 것도 좀 더 튼실하게 챙겨주고, 주말에는 맘 편히 늦잠 잘 수 있게 배려해줘야지……

이리저리 많은 생각을 했었는데 막상 원고를 넘기고 아이를 돌보고 쳇바퀴 돌아가듯 집안일을 도맡아 하며 지내다 보니, 이것 참 쉽지 않습니다. 새삼 이 세상 모든 엄마들이 대단하다고 생각합니다.

이 책을 준비하며 참 바빴습니다. 창작자로서, 딸로서, 며느리로서, 아내로서, 그리고 엄마로서…….

아직 실감이 나지 않습니다. 나의 이름으로 만들어진 책의 표지를 보게 될 날이. 나의 그림과 글로 채워진 책이 사람들에게 읽힐 날이. 하지만 미리 감사해보려고 합니다. 나의 책이 결코 나의 능력과 노력만으로 이루어진 결실이 아님을 알기에.

최고의 창조자 하나님 감사합니다. 부족하지만 창작하는 이로 살아가게 하심을…….

나의 남편 정말 고마워요. 당신이 아니었으면 이 책은 나올 수 없었겠지요. 육아에 10,000% 헌신해주는 1등 남편, 1등 아빠여서 내가 그나마 숨 쉴 수 있었어요. 그리고 당신을 만나서 난 진짜 '사랑'을 알기 시작했어요. 참 고마워요. 내가 어른이 될 수 있게 해줘서.

엄마 아빠 감사합니다. 이 무뚝뚝한 딸을 사랑으로 키워주셔서. 그리고 나에게 수많은 영감을 주셔서. 시어머니 시아버지 감사합니다. 살갑지 않은 며느리를 이해해주시고 늘 따뜻하게 대해주셔서. 나의 예쁜 딸 하연이, 엄마가 될 수 있게 해줘서 그리고 '사랑'이 무엇인지 알려주어서 고마워.

특별히 내 안에 소중한 그림그리는 행복을 발견하도록 도와주신 김공웅 교수님께 감사드립니다. 교수님, 항상 건강하세요.

마지막으로 팜파스의 이진아 실장님 감사 드립니다. 부족한 제 블로그를 방문해주셔서, 좋은 기회를 주시고 기다려주셔서 감사합니다. 그리고 이 책을 읽고 계신 독자들에게도 감사를 전합니다.

여자, 일상의 설렘을 그리다